D+

dear+ novel

akajishino oujini kyukon sareteimasu ・・・・・・・・・・・・・・・・・・・・・

赤獅子の王子に求婚されています

彩東あやね

新書館ディアプラス文庫

赤獅子の王子に求婚されています

contents

illustration : カワイチハル

赤獅子の王子に求婚されています

akajishino oujini kyukon sareteimasu

（どうしてこんなことに……）

いくら考えても分からない。テオはこぼれそうになる嗚咽《おえつ》をなんとか呑み込み、畑仕事で荒れた手を握りしめる。

テオを乗せた輿《こし》は王の遣《つか》わした兵に護《まも》られ、王宮へ向かっていた。

花や宝珠で飾られた輿に相応《ふさわ》しく、テオも美しい宮廷服を着せられている。けれど、テオは王族でもなければ、貴族でもない。おてんとさまの力を借りて田畑を育てる十七歳――この燿《よう》の国の端っこの、貧しい集落で暮らすただの農民だ。

「見ろ。あの子の目の色はふつうじゃないぞ」

「右目は青色で、左目は黄金色《きんいろ》なのか。なるほど、献上《けんじょう》の御品《おしな》に選ばれるはずだ」

輿の御簾《みす》は上げられており、沿道に立つ人々の好奇の眼差しがテオの頬に突き刺さる。どうにかしてこの目を隠そうと前髪を引っ張るも、輿に乗せられるときに切られてしまったので、眉毛にすら届かない。噛みしめていたはずの唇が震え、ついに嗚咽がこぼれでた。

テオのように左右の色の異なる目は、オッドアイと呼ばれるようだ。その上、テオは髪の色も薄黒く、ねずみのような色をしている。燿の国では黒髪に黒い目を持つ人が大半なので、かなり稀《まれ》な容姿だろう。おかげでテオは、王への献上の御品になってしまったのだ。

王は娶《めと》ったばかりの三妃《さんき》――うら若き三番目の妻に夢中で、国中から妃《きさき》が喜びそうなものを集めては、せっせと妃に贈っているらしい。たとえば山岳地帯にしか咲かない花や、朝と夕とでは色をたがえる宝珠、黄金色の羽を持つ小鳥など。王家と繋《つな》がりを持ちたい商人たちはこぞって稀有《けう》なものを探しだし、王へ献上しているという。

テオは市場でその話を小耳に挟んだとき、ふぅんとうなずいた程度で、まさかそれが自分の身の上に降りかかるとは思ってもいなかった。御品のなかに生身の人間が入っていなかったせいもある。とはいえ、自分の容姿が一風変わっていることは承知しているので、幼い頃から黄金色の左目には常に眼帯をしているし、家を出るときは、頬かむりを忘れたこともない。

にもかかわらず、テオはさらわれた。

畑で収穫した芋《いも》を市場へ売りに行く際、人気《ひとけ》のない小路《こみち》で男たちにいきなり麻袋を被《かぶ》せられ、連れ去られてしまったのだ。

テオをさらったのは、おそらく盗賊だろう。そして彼らが、王家と繋がりを持ちたい豪商へテオを売り払ったのではないかと考えている。テオの目の色を確かめた商人は「おお、これはよい品になるぞ」と手放しで喜び、テオに宮廷服を着させ、献上の御品に仕立てたのだ。

(どうしてぼくがこんな目に遭わなきゃいけないんだ……)

まさか日常がこうも儚《はかな》く脆《もろ》いものだったとは――。

三妃は類《たぐ》い稀な美貌の持ち主のようだが、若さゆえにわがままで、心やさしい人ではないと聞いている。歌もうたえない、芸もできないテオを妃が気に入るとは思えず、となると、お付きの者にこの目を抉《えぐ》らせて、首飾りにしてしまうかもしれない。

（うう……）

恐ろしい光景を想像したせいで、ふっと意識が遠のいた。青白い顔で息を吐き、輿の柱に背中を預ける。

辺りにはいつの間にか夕闇が迫《せま》っており、沿道に立つ見物人の姿も減っている。

そろそろ王都に着く頃だ。王や妃の暮らす王宮も王都にある。とはいえ、王宮まではまだ距離があるようで、それらしい華やかな建物は見えてこない。かわりに鬱蒼《うっそう》とした森が東西に広がっていた。

「歩みを速めよ。日没までに王都へ着いておきたい」

隊列を統括する騎乗の兵が輿の担《かつ》ぎ手に言ったとき、一羽の鴉《からす》が飛んできた。

鋭く尖ったくちばしを持つ、立派な鴉だ。黒曜石《こくようせき》のような目をしている。鴉は輿のすぐ近くを飛ぶと、ガアと鳴く。

『青目と黄金目か。左右の色が異なるとはめずらしい』

ふいに聞こえた声にテオはまばたいた。

年寄りのようにしゃがれた声だ。輿の天井辺りから聞こえた気がする。咄嗟《とっさ》に上を向いて耳を澄ませてみたものの、鳥のはばたく音が聞こえたくらいで、人の声はしない。

（空耳だったのかな？）

ひとり首を傾《かし》げていると、今度は耳をつんざかんばかりの悲鳴が聞こえてきた。

「獅子《しし》だ、獅子が出たぞ！」

隊列の先頭のほうからだ。尋常でない悲鳴は次から次へと折り重なり、テオの乗った輿もぐらりと揺れる。騎乗の兵が「何事だ！」と叫び、先頭へ駆けていく。

(ししって……獅子？)

いやまさかそんなと思いつつ、輿から身を乗りだす。

「う、うそ――」

こんなことがあるのだろうか。自分の目が捉えた光景をにわかには信じられず、力を込めてまばたきをする。その間も初夏の生温かい風が吹き、テオの前髪を散らす。

猛《たけ》り狂った様子で隊列を蹴散《けち》らしているのは、赤いたてがみを持つ獅子だ。

幼い頃に見世物小屋で獅子を見たことがあるが、あのときの獅子――いま思えば、大きな犬にたてがみをつけただけの偽物だったのだろう――とは比べものにならない。堂々たる体軀《たいく》の獅子は、護り役の兵士を咥《くわ》えたかと思うと宙に放り投げ、槍《やり》を構えた兵士にも牙《きば》を剝《む》いて飛びかかる。容赦《ようしゃ》なく襲いかかる赤獅子に恐れをなした馬たちは兵士を振り落とし、てんでに逃げていく。

軍馬ですらそうなのだから、兵でもない輿の担ぎ手がこの場にとどまるはずがない。全員が全員、輿を捨てて逃げだたせいで、テオは地べたに放りだされてしまった。

「い、っ！」

したたかに腰を打ち、顔を歪《ゆが》めたのは束《つか》の間だった。兵を押し倒し、まさにいまその喉仏《のどぼとけ》に噛みつこうとしている獅子と目が合い、息を呑む。

(ひゃ、あ、あ、あ!)

とにかく逃げなきゃと焦ったものの、腰が抜けていて立ちあがれなかった。

テオがまごまごしている間にもいたるところで悲鳴が上がり、体と体がぶつかる音がする。落ち着け、落ち着け、と必死になって自分に言い聞かせ、赤子のように地べたを這いずる。しかし獅子はその大きな体に似合わない俊敏《しゅんびん》さで身をひるがえすと、テオの前へやってきた。

(う、わ、ぁ……)

目が合ったときに、食べやすい大きさの獲物がいると認識されてしまったのだろうか。

いま、テオの目の前にあるのは獅子の前足だ。もはや一歩も動けず、助けて助けてと念じることしかできない。

ひたすら体を縮《ちぢ》めて震えていると、あろうことか宮廷服の肩口に噛みつかれた。「ひっ」と引きつる悲鳴を上げた刹那《せつな》、獅子がテオの体を回転させ、自分の背中に乗せる。

『しっかり摑まっておけ』

え——?

若い男の声だ。はっとして周囲に視線を走らせたとき、獅子が駆けだした。

おかげでまたしても地べたに投げだされ、腰を打つ。だが今度ばかりは痛みに顔を歪めている場合ではない。再び四つ這いになって逃げるテオの前に獅子がまわり込む。

『摑まっておけと言っただろうが！』

人の声だ。先ほどと同じ、男の声――。

「は、はい……？」

『王都は目と鼻の先。すぐに援護の兵が駆けつけてくるぞ。さっさと摑まれ』

顎《あご》をしゃくった獅子が、なぜかテオに尻を向ける。状況が呑み込めず固まっていると、『聞こえているのか！』と怒鳴られた。

もしかして自分はとっくに気を失い、悪夢を見ているのかもしれない。

ぐっと目を瞑《つむ》り、わななく手を伸ばす。短く強《こわ》い毛に触れた。おそらく獅子の被毛《ひもう》だ。がしっと摑んだそれを頼りに体を起こし、獅子の背に跨《また》がる。

『いい子だ』

応《こた》える声が聞こえたのと同時に、獅子が駆けだす。

「お、おい！　獅子が献上の御品をさらっていくぞ……！」

「弓を……弓を放て！　誰か仕留めよ！」

夢だ、これはすべて夢――。

混乱する兵士たちの声が遠ざかるのを感じながら、テオは歯を食いしばる。頭上では鴉がけたたましく鳴いていた。

それからどれほど経《た》っただろう。草を蹴散らかしながら跳ぶように駆けていた獅子がじょじょに足の運びを緩《ゆる》め、茂みをかき分け進んだ先でテオを振り落とす。落とされた先は、大きな木の株元《かぶもと》だった。茂る下草がテオの体を受け止める。

森の奥深いところに連れてこられたのだと、理解するまでに時間がかかった。テオの戸惑いをよそに獅子はぶるっとその身を震わせ、昇ったばかりの月に向かって咆哮《ほうこう》を放つ。

月光を浴びてもなお、褪《あ》せることのない赤々とした被毛だ。燎原《りょうげん》の火を彷彿《ほうふつ》とさせる、赤。目は陽光を束《たば》ねたような金茶色をしている。長く豊かなたてがみは雄々《おお》しく、この大陸でもっとも強い獣は自分なのだと自負しているかのような佇《たたず》まいだ。首元で揺れる首飾りは、人から奪ったものなのだろうか。テオの右の目に似た青色の宝珠が月の光を受け、こまやかな光を放っている。

これが檻《おり》に収まっている獅子ならば、へえ、立派だなぁ、と見入ったかもしれないが、残念ながら両者を隔《へだ》てるものはない。テオには逃げる以外の選択肢はなく、尻を使ってそろりと後ずさりする。できるだけ遠くへ、少しでも遠くへ――そんな願いも虚《むな》しく、草の擦《こす》れる音に気づいた獅子がテオに向き直る。

「ひぃ……っ」

どこへ行く、と訊かんばかりに金茶色の目を細められた。獅子はテオを視界の真ん中に置いたまま、一歩二歩と近づいてくる。

「ぼぼぼくは小柄だし、痩《や》せっぽっちだから全然おいしくないですよ！　おいしいものはこの森のなかにいくらでもいると思います。ぷりっとしたねずみとかうさぎとか小鹿《こじか》とか！」

両手を振って懸命に訴えているさなか、どこからか返答がした。

『腹は減っておらん』

「え、……え？」

『人肉を食らうような畜生と同じにしてくれるな。俺は腹を満たすためにお前をさらったわけではない』

森へ連れてこられる前にも聞いた、若い男の声だ。

テオは素早く周囲を窺った。森はすでに夜に包まれていて人影はない。何よりも声はテオの真正面──獅子から聞こえてきた気がするのだが。

（も、もしかして、この獅子がしゃべってる、とか？）

途端にうそ寒いものが背筋を走り抜け、かち、と小さく歯の根が震えた。

『お前、名はなんという』

獅子が口を動かす。やはり人の声がする。

「テテテ、テオです。テオ」

『テオ？　この国の者にしてはめずらしい名前だな』

「ぼく、生まれは燿の国じゃないんです。母はその、大陸を旅する楽団の人で、旅の途中にぼくを産んだから」

獅子はまるで人のように『ほう』とうなずくと、一足飛びにテオの前へやってきた。

「ひゃあぁあ！」

後ずさりしようとした尻が地上に張りだした木の根にぶつかる。

金茶色の目もしゅっとした長いひげも、いまやテオの目の前だ。獅子は黒く濡れた鼻をひくつかせ、テオの顔を右から左からと検分するように覗き込む。そのたびに、ふっ、ふっ、という獣らしい鼻息が頬にかかる。

『なるほど。献上の品に選ばれるくらいだ。まがいものの目ではなさそうだな。右目の青、左目の黄金、どちらも美しい。天の子に相応しい美しさだ』

滔々《とうとう》と語る声は聞こえるものの、内容は何ひとつ頭に入ってこない。冷や汗と脂汗《あぶらあせ》とがまじり合い、テオの顔からだばだばと滴《したた》り落ちる。少しでも胸を上下させれば嚙みつかれそうな気がして、浅い呼吸を繰り返す。

『髪もよい色だな。宵《よい》の口の、やさしい空の色を思いだす』

グルル……と獅子が喉を鳴らし、テオの髪に鼻を近づける。またもや、ふっ、と生温かい鼻息がかかる。

（ど、どうしよう、食べられる……食べられちゃうよぉ……！）

うぐ、と嗚咽を洩らしそうになったそのときだった。いきなり獅子が大きく口を開け、テオを押し倒してきた。

『天の子よ。お前こそ我が伴侶。今宵契《こよいちぎ》りを結ぶぞ。お前の力でこの呪いを解いてくれ』

牙だ、牙。牙が見える。細かな突起で覆《おお》われた厚い舌も――。

獅子の前足がテオの宮廷服を引き裂く。

「ぎゃあっああ……っ……！」

もしかしてこの悪夢は、テオが獅子に食い尽くされるまで終わらないのだろうか。

テオは腹の底から絶叫し――目を見開いたまま、気を失った。

＊＊＊＊

「ん――……」

どこかで小鳥が鳴いている。

夜が明けたのだろう。まぶたの裏が薄明るい。テオは涼やかな風に頬を撫でられ、身じろぎをする。

「あ、――」

見慣れた寝所《しんじょ》ではなく、土の上だ。

おそらくここは、森。なぜか体の上に枯れた夏草がこんもりと載せられている。反射的に払い落とすと、見るも無残に破られた宮廷服と対面し、「わっ」と悲鳴を上げる。

（こ、これは……）

じっと宮廷服を見おろしているうちに、昨夜《ゆうべ》の悪夢がじわじわとよみがえってきた。

息をひそめて辺りを窺うも、赤獅子《あかじし》の姿はない。かわりに下草の茂みに隠すようにして、くしゃっと丸められたものがある。おっかなびっくり触れてみると、服だった。誰かの忘れものだろうか。襤褸布《ぼろぬの》とたがわない宮廷服では家に帰れないので、ありがたく着替えさせてもらうことにする。

いったいどこまでが現実でどこからが夢なのかさっぱり分からない。何はともあれ、献上《けんじょう》の御品《おしな》にならずに済んだので、よしとするべきか。宮廷服こそ悲惨な状態だったが、テオは五体満足で二つの目も変わりなくよく見える。

（よかった、獅子に食べられなくて）

だいたい燿《よう》の国に獅子などいるはずがないし、動物が人の言葉をしゃべるというのもおかしな話だ。きっと亡くなった母があの恐ろしい悪夢からテオを救いだしてくれたのだろう。そうだ、そうにちがいないとひとりでうなずいていると、上のほうから鳥のはばたく音とともに人の声がした。

『おっ！　起きたぞ、天の子が起きた！』

どこかで聞いた覚えのあるしゃがれた声だ。けれど声の主がどこにいるのか分からない。テオの頭上では一羽の鴉《からす》がぐるぐると飛んでいるだけだ。

そういえば、輿《こし》に揺られているときも鴉を見たような――。

（もしかして、あの鴉も人の言葉をしゃべることができる……とか？）

じわりと気持ちの悪い汗が噴きだすのを感じていると、遠くの茂みががさりと揺れた。

はっとして体を固くする。じょじょに近くなる葉擦《はず》れの音に耳を澄ませていたとき、すぐそこの草むらからぬっと獣が姿を現した。

「うっわあああっ……！」

雄々《おお》しいたてがみと獰猛《どうもう》そうな顔つき――まちがいない、これは昨夜の赤獅子だ。

『おい、でかい声を出すな。いちいち騒がしいやつだな』

やれやれと言わんばかりに鼻息を吐いた赤獅子が、ぐっと大きく背をしならせる。

するとちかっとした光が瞬《また》き、赤い被毛《ひもう》で覆《おお》われていたはずの獅子の体が、異国の服をまとった男の姿に変化《へんげ》する。

「ったく。人の姿でいると体力を消耗《しょうもう》するのだが仕方ない。これならよいか」

「な、……」

なぜ、獅子が人に変わるのか。

目の前で見せられた変化がとても信じられず、テオはへなへなとその場にへたり込んだ。

辺りをいくら見まわしても、赤獅子はどこにもいない。テオの前に立っているのは、赤獅子の被毛と同じ色の髪を持つ、若い男だった。

年齢はテオよりも少し上、二十代半《なか》ばくらいだろうか。涼やかな目許《めもと》と艶《つや》のある唇が特徴的の、はっとするほどの美貌の持ち主だ。花の王と称される牡丹《ぼたん》ですら、彼の前では霞《かす》んでしまうだろう。だからといって優形《やさがた》ではなく、体つきはすこぶる男らしい。

「どうだ、その服は」

テオを見おろし、男が言った。

「民家の軒下《のきした》から拝借《はいしゃく》してやったのだ。礼はいらんぞ。お前の服を二度と着れぬほどに引き裂いたのは俺だからな。ああ、心配するな。契《ちぎ》りなら結んでおらん。俺は沫《あわ》を吹いて気を失ったやつに挑《いど》むほど、酔狂《すいきょう》ではないゆえ」

内容よりも男の傲岸《ごうがん》な物言いが引っかかり、「……は?」と声が出る。

百花《ひゃっか》を凌《しの》ぐほどの美貌を備えているのだから、それこそ詩人のように美しく繊細《せんさい》な言葉を紡《つむ》ぐのだろうと思っていたので、その落差におどろいた。なるほど、天は二物《にぶつ》を与えずとはよく言ったもので、男の持ちもののなかで人より秀《ひい》でているのは、この美貌と均整のとれた体格だけなのかもしれない。

「あの、あなた誰ですか?」

テオが露骨《ろこつ》に眉をひそめると、男が初めて「ああ」と笑む。

「名を告げていなかったな。俺はカイル。シャタール王国の現国王サウダルの六番目の息子、カイル・シュイ・シャタールだ。歳は二十五。十八のときに呪術師に呪いをかけられ、獅子の姿に変えられたのだ」

男はふいに右手を持ちあげると、口笛を吹く。するとテオの頭上高くに茂る枝葉がばさりと音を立て、男の肩に鴉が降り立った。

「こいつは見てのとおり、鴉だ。腐《くさ》れ縁《えん》というやつでかれこれ十年の付き合いになる。人の言葉をしゃべることのできる変わり者だ」

男に紹介された鴉が軽く翼を広げ、しゃがれた声で『よう』と言う。

テオは男と鴉を順に見て、何度もまばたいた。

家が貧しくてろくに学校へも通えなかったテオだが、シャタール王国の名前くらいは知っている。ほどよく雨の降る国で、宝珠の出る鉱山をいくつも所有しているのだという。

この国――燿は領地こそ広大なものの、豊かさの面ではとてもシャタールにかなわないだろう。花と緑に溢れ、天然の資源にも恵まれたシャタールは、オアシス国家として交易《こうえき》も盛んなのだと聞いている。

そんな国の、現国王の六番目の息子――。

「えっ、王子？　……あなた、王子さまなんですか？」

びっくりして目を丸くすると、男がここに来てようやく膝を折った。

テオの前であぐらをかき、己の襟《えり》ぐりに手を入れる。

「これが証《あかし》だ」

男が取りだしたのは、獅子もつけていたあの首飾りだ。

「《シャタールの雫《しずく》》と呼ばれる、最高級の宝珠だ。見ろ、台座の裏にシャタールの紋章と父の名、そして俺の名が刻《きざ》まれているだろう？　たとえ王族でも、サウダルの子しか持っておらん。父が作らせたものだからな」

そう言われても、テオにはシャタール王国の紋章など分からないし、刻まれた名前も小さすぎて読みとれない。だが、男が正真正銘の生きた人間だということは理解できた。首飾りを見せる手はしなやかに動いていたし、指の先には爪もちゃんとついている。

やっと実感が湧いてきた。テオは悪夢を見ているのではなく、現実を生きているのだと。

（びっくりした……。この人は人でもあるし、赤獅子でもあるんだ……）

あらためて男を眺め、「でも、どうして呪いなんて……」といちばんの疑問を口にする。

「うむ、よい問いかけだ」

男が仰々《ぎょうぎょう》しくうなずく。

「おそらく父は、長兄《ちょうけい》よりも優秀な末息子の俺が目障《めざわ》りで、呪術師に呪いをかけさせたのであろう。俺はこのとおり眉目秀麗《びもくしゅうれい》、武術にも長《た》けており、腕っぷしのよさでは誰にも負けん。

それに加え――」

身振り手振りでカイルが語っているさなかだった。肩にとまっている鴉が、鴉らしからぬ声で『ケケッ』と笑う。

『信じるなよ、テオ。カイルはとんだクソ野郎なんだ』

「え？」

『王子に生まれてなければ、賊徒《ぞくと》が相応だろうな。王宮の宝珠を勝手に売り払うわ、喧嘩はしょっちゅうだわ、暇があれば乱痴気《らんちき》騒ぎに女遊び。貴族の放蕩《ほうとう》息子らとそんなことばかりしてるから、サウダルさまの逆鱗《げきりん》に触れたんだ。獅子の姿で旅をせよ、心根《こころね》をあらためるまでシャタールに戻ってくるな、とな』

「え、ええっ？」

チッと舌を鳴らしたカイルが、鴉の足を引っ摑もうとする。だがそれよりも早く鴉が飛び立った。木漏れ陽《こもびび》をまとう葉群《はむ》れをねめつけたカイルが、「――クソ鴉め。いつか串刺しにして火にくべてやる」と吐き捨てるのが聞こえた。

「ま、ようするに、よんどころなき事情によって、王子である俺は獅子の姿に変えられたというわけだ」

「…………」

おそらくあの鴉の言ったことは真実なのだろう。テオのじっとりとした視線などまったく意に介さず、カイルは話を続ける。

「こうして人の姿に戻ることもできるのだが、丸一日この姿でいることは難しい。女を三日三晩抱いたあとのようにどうにも疲れてしまうのだ。ただひとつ、救いがあってな――」

カイルはそこまで言うと、テオの顎《あご》をくいっと持ちあげた。獅子と同じ、金茶色の眸《ひとみ》がテオを覗き込む。

「右目で現実を、左目で未来を見ることのできる天の子と出会い、夫婦として契りを結ぶことができれば、俺は人としての生を取り戻せる。呪術師の婆《ばば》がそう呪いをかけたのだ」

天の子――聞きなれない言葉だ。はぁと曖昧《あいまい》にうなずくテオに、カイルはなおも言う。

「俺は天の子を探して諸国を渡り歩いてきたが、お前のような目を持つ者と出会ったことがない。テオ、お前こそ天の子であろう?」

「ぼくが……天の子……?」

たったいま語られた話を頭のなかで整理して、「は? やめてください、ちがいます!」と声を尖らせる。テオの目は左右の色が異なるだけで、現実は見えても未来は見えない。明日の空模様すら読めないのだ。

だがカイルは取り合わず、「お前以外、誰がいるというのだ」とテオに迫《せま》る。

「お前のその目が何よりの証ではないか。俺が人の生を取り戻した暁《あかつき》には、口うるさい父だけでなく兄たちも滅ぼし、お前を后《きさき》にしてやる。望むままに贅沢《ぜいたく》をさせてやるぞ。シャタールで採《と》れる宝珠はすべてお前のものだ」

「后って……ぼく、男子なんですけど」

「いちいち白けさせるやつだな。お前が男子なことくらい、見れば分かるわ。何、男子とて心配はいらん。まあ、女のほうがよいのはよいのだが、俺は寝所で睦《むつ》む相手を選《え》り好みしたりはせん。ああ、もちろん寝所以外で睦むのも大いに歓迎するぞ。俺は閨《ねや》では尽くす男だ。楽しみにしておけ」

なんとなく――本当になんとなくだが、この人が父王を怒らせ、呪術師の手によって獅子に変えられたのが分かる気がした。

テオは息をひとつ吐くと、居住まいを正してカイルに向き直った。

「ぼくは天の子なんかじゃないです。贅沢な暮らしにも宝珠にも興味ないですし、あなたのお后さまにもなりたくない。ぼくは田畑を耕《たがや》して、作物を育てる暮らしに生きがいを感じているんです。おてんとさまとともに生きるのは、本当にすてきなことですから」

「お前……俺の申し出を断るつもりか？」

信じられぬと言わんばかりに目を瞠《みは》るカイルに、いたってふつうの顔で「はい」とうなずく。仮にテオが年頃の娘だったとしても返事は変わらないだろう。謙虚《けんきょ》さも清廉《せいれん》さも見当たらない異国の王子に、これ以上構っていられない。テオはすくっと立ちあがると、カイルに向かってぺこりと頭を下げる。

「献上の御品になりかけたところを助けてくださってありがとうございました。父が心配していると思うので、ぼくは家に帰りますね。では、お元気で」

盗賊にさらわれたおかげでずいぶん遠くに連れてこられてしまったので、家に帰るにはとにかく歩かなければいけない。背丈のある夏草をかき分け、まずは森を抜けるつもりで進んでいると、カイルが追いかけてきた。

「ひとりで行く気か？　そろそろ山狩りが始まるぞ」

「山狩り？」

「護衛役の兵をつけていたにもかかわらず、王への献上品がさらわれたんだ。面目《めんぼく》をつぶされた軍の大将さまはカンカンだ。森の外はお前を捜す兵たちがひしめいているし、夜が明けたからには森へも入ってくるだろう。捕らわれることはあっても、家になど帰れるもんか」

「え……！」

カイルの言うとおり、よくよく耳を澄ませば、鳥のさえずりにまじって、馬のいななきや兵士らしい男たちの話し声が聞こえてくる。それもじょじょに近づいているようなので、本当に山狩りが始まったのかもしれない。

好き好んで献上の御品になったわけではないのに、なぜ捕えられないといけないのか。呆然と立ち竦《すく》んでいると、ニッと笑ったカイルに肩を抱かれた。

「安心しろ。俺とてようやく見つけた天の子を、燿の国の兵士に渡すつもりはない。よいか？

ゆっくり十数えたら、南の方角を目指してひたすら走れ。町へ出られる」

カイルは「行くぞ、鴉」と声を放ったかと思うと、北へ向かって駆けだす。

その背中が枝葉にまぎれて見えなくなるのをただ見送っていたテオだが、しばらくして「獅子だ、昨夜の獅子が出たぞ！」と騒ぐ声が聞こえ、はっとした。

この好機を逃すわけにはいかない。兵たちの気色《けしき》ばんだ足音が北方面に集中するのを待ってから、カイルに言われたとおり、南を目指してがむしゃらに走る。長年の畑仕事で培《つちか》われた足腰の丈夫さが、まさかこんなところで役に立つとは。枝の先で頬が擦れるのも構わず駆けていると、じょじょに道なき道が平坦なものへ変わり、町が見えてきた。

（やった……！）

兵士たちはいま頃、草木の生い茂る森で赤獅子を追いかけまわしているのだろう。

商店の建ち並ぶ通りに辿り着き、ほっと胸を撫で下ろしたのも束《つか》の間だった。町にはないと思っていた兵士の姿が、ちらほらと見受けられる。これではすぐに見つかってしまう。テオは慌てて裏通りに駆け込み、軒下に転がっていた桶《おけ》を拝借した。

眼帯も頬かむりもないのだから、桶で顔を隠して進むしかない。できるだけ人の少ない道を選んでうつむき加減で歩いていると、頭上で鴉が『ガァ』と鳴くのが聞こえた。

もしかしてさっきの鴉だろうか。輿に揺られているときもそうだったように、鴉のいるところには赤獅子もいる。おそらくあの二人――いや、一頭と一羽と呼ぶべきか――は悪友同士で、鴉は赤獅子に天空からの視界を提供しているのだろう。思ったとおり、ほどなくしてテオのとなりにカイルが並ぶ。

「無事に森を抜けられたようだな。それにしてもなぜ桶を掲《かか》げている。変だぞ」

「変でもなんでも、この目を隠せるものがないんだから仕方ないじゃないですか。ていうか、ぼくの側《そば》に来ないでください。目立ちます」

中身はともかく、カイルの見目はかなり麗《うるわ》しい。擦《す》れちがう女たちは必ずといっていいほど、どきっとした様子でカイルに視線を走らせる。そんな男に真横に並ばれて目立たないはずがなく、あっさり兵士に見つかった。

「おい、そこの者。怪しいな、顔を見せろ」

「よしてくれ。この子は俺に口説《くど》かれてはずかしがっているだけだ」

「口説くだと？　馬鹿馬鹿しい、小僧じゃないか」

ぐっと桶の縁を握りしめていたが、だめだった。力ずくで桶を取り払った兵士がテオの目を見て息を呑む。ほぼ同時にカイルの放った拳《こぶし》が男の鼻頭《はながしら》にめり込んだ。

膝から崩れ落ちた兵士を無情にも踏みつけ、カイルがテオの腕を引っ掴む。

「行くぞ」

「えっ、あ、ちょっ……！」

引きずられるようにして駆けだしたものの、先ほどの兵士に「いたぞ！　赤髪の男といっしょだ！」と叫ばれてしまい、たちまち通りに兵士たちが集まった。

剣を構えた者もいれば、槍を携《たずさ》えた者もいる。カイルは向かってくる兵たちを素手でなぎ倒しながら、どこか楽しげな表情でテオを振り返る。

「どうする？　お前が俺と契りを結ぶなら、助けてやってもいいぞ」

「で、でもっ、ぼくは天の子じゃないし、あなたのお嫁さんにもなりたくな――」

言い切る前に背後にいた兵士に羽交《はが》い絞《じ》めされそうになり、「ぎゃっ！」と悲鳴を上げる。

痩《や》せっぽっちの体形のおかげですり抜けることができたが、どこからか「足を突け！　昨夜の獅子に食いちぎられたことにしておけばよい！」と聞こえてきて青ざめた。さっと兵士たちがテオに向かって槍を構える。

（ひいいい……！）

ただの農民にすぎないテオが、武器を携えた兵から逃げられるはずがない。どうしよう、どうしようとぐるぐる考えているうちに、追っ手はどんどん増えてくる。

もはや、選択肢はただひとつ――。

「む、結ぶっ！」

涙目になり、そう叫ぶしかなかった。

「ぼぼ、ぼくを無事に家に連れて帰ってくれるなら、契りを結びます！」

「まことだな？　契りを結ぶということは、俺と夫婦になるということだぞ？」

「なります、なります！　夫婦でもなんでも！」

必死になって叫ぶと、満足そうに笑ったカイルに腰を引き寄せられた。

「よし。ならば、たったいまからお前は俺のものだ。俺以外の男には指の一本も触れさせせん。安心しておけ」

言うが早いか、むぎゅっと唇に唇を押し当てられた。

「うっ、ん！」

もしやこれは接吻《せっぷん》というものだろうか。初めての口づけの相手がまさか男で、獅子の王子とは。だが頬を赤らめる暇もなく唇は離れていき、かわりにカイルの手によって屋根へと放り投げられる。

「うっわわわあっ」

「そこで大人しくしておけ。すぐに片づける」

「ひぃ、い……っ」

投げるなら投げるで、先に言ってほしい。なんとか屋根のてっぺんにしがみついたとき、ちょんちょんと跳ねるようにして鴉がやってきた。汗まみれのテオの顔を覗き込み、やれやれと言わんばかりに翼を広げてみせる。

『カイルに嫁《とつ》ごうとは、テオも酔狂《すいきょう》だな。あいつは相当な遊び人だぞ？』

「し、仕方ないでしょ！　ぼくだって死にたくない……！」

とはいえ、かなりの数の追っ手だ。カイルの身も危ないかもしれない。

恐る恐る通りを窺うと、カイルは奪ったものと思われる槍を華麗に使い、次々と兵士を倒していた。素早く物陰に飛び込んだかと思うと、今度は獅子の姿に変化して、兵たちの前へ躍《おど》りでる。人のときも獅子のときも身のこなしが鮮《あざ》やかで、びっくりするほど強い。

「す、すごい……！」

『だろう？　カイルのやつは、顔と腕っぷしだけはいい。向かうところ敵なしなのさ』

どこか誇《ほこ》らしげな鴉の声を聞きながら、テオは呆然と通りを見おろしていた。

テオを捕まえようと躍起《やっき》になっていた兵の大半が、いまや地べたに倒れ伏している。これはとても痛快な光景だ。カイルは人の体と獅子の体を使い分け、残りわずかな兵を倒しながら通りを駆ける。テオもカイルを追って、屋根の上を這いつくばって進む。

「待たせたな、テオ」

最後の兵を倒したカイルが、テオに向かって両腕を広げる。

高さに怯《ひる》み、飛ぶのを躊躇《ちゅうちょ》していると、「大丈夫だ、来い」と再度呼びかけられた。ぎゅっと目を瞑《つむ》り、意を決して飛び下りる。逞《たくま》しい腕にしっかりと抱きとめられた。

「ありがとう、ぼくを助けてくれて」

思わず言ってから、慌てて言い直す。

「えっと、ありがとうございます。カイルさまのおかげで助かりました」

「何をかしこまる必要がある。気にせずカイルと呼べ。契る相手とは距離を感じたくない」

「あ、……」

――そうか、ぼくはこの人と夫婦になるんだ。

ちらりと思ったものの、まるで想像できなかった。いまのところ、ただの口約束にすぎないせいかもしれない。恋焦《こ》がれる感情を知ることもなく、ただひたすらに畑仕事に精を出してきたテオにとって、誰かと夫婦になるなんて別世界の話だ。

一方カイルは、これからが本番だとでも言うように豪快に肩をまわすと、堂々たる赤獅子の姿に変わる。

『さて、テオよ。約束を果たすぞ。お前の家はどこにある』


テオの暮らす集落は、王都から遠く離れた北の外れにある。

歩いて帰れば何日もかかっただろうが、獅子に姿を変えたカイルの背に乗って山を越えたので、その日の夕方には辿り着くことができた。

「あ、ここです、ここ」

テオはカイルの背中から降りると、駆けだした。

山間《やまあい》の僻地《へきち》に建つ一軒家だ。テオはこの家で父と二人で暮らしている。となり近所とはずいぶん離れていて、家の前にはテオがひとりでこしらえた自慢の田畑が広がる。

『ほう。青々として見事だな。これほどこまやかに手入れのされた田畑が山間の地にあるとはな。もしやお前が作ったのか？』

「うん、そうだよ」

褒《ほ》められるとやはりうれしいものだ。頬の辺りがくすぐったくなるのを感じながら、家の表戸に手をかける。すかさずカイルが人の姿に戻った。

「帰りました。テオです」

家のなかに向かって元気よく声を放つ。

だが父がなかなか出てこない。おや？　と首を傾《かし》げたものの、確かに人の気配はある。どうしたんだろうと不思議に思っていると、やっと居間から父が姿を見せた。

「テ、テオ……お前、無事だったのか！」

「ああ、父さん！　心配かけてごめんなさい。実は市場へ行く途中に盗賊っぽい人たちにさらわれて――」

これまでのことを説明しつつ、カイルを紹介していたとき、父がいた居間から女性が顔を覗かせた。

確か名前は安寿《あんじゅ》といったか。テオより十ほど年上で、ときどき父を訪ねて家に来ていた人だ。彼女は決まりが悪そうな様子でテオに頭を下げると、「わたしはこれで」と父に言い、そそくさと家をあとにする。咄嗟《とっさ》に父が二、三歩踏みだしたが、すぐにあきらめ、テオを振り返る。

「実は安寿に家のことをしてもらってたんだ。てっきりお前はその、家出をしたのかと思っていたから」

「家出？　ぼくが？」

どうしてそうなるのだろう。父を残して、なおかつ田畑も捨てて家を出るなんてありえない。けれど家出だと思っていたということは、父はテオが姿を消しても特に捜さなかったということだろうか。

たちまち表情を曇《くも》らせるテオに気づいたのか、父が慌ててテオを抱き寄せ、カイルに頭を下げる。

「息子を助けてくださってありがとうございます。その上、家にまで送り届けてくださるなんて。この辺りに宿はないので、今夜はうちに泊まっていってください。――ほら、テオ」

「あ、うん」

何はともあれ、久しぶりの我が家だ。カイルを連れて居間へ向かうと、父が大皿に盛られた料理を運んできた。おそらく安寿が作ったものだろう。テオが帰ってこなければ、二人で夕餉《ゆうげ》を囲むつもりだったのかもしれない。

「ごめんね、父さん。なんか邪魔したみたいになっちゃって」

夕餉の支度をかわるつもりで父のもとへ行くと、なぜか申し訳なさそうに目を伏せられた。

「父さん？」

「ああいや、実は父さんはこれから出かけなくちゃいけないんだ。集落の寄り合いがあることをすっかり忘れてて」

「そうなんだ。じゃあぼく、父さんが帰ってくるまで待ってるよ」

「いやいや、お客さんもいるんだから父さんのことは気にしなくていい。夕餉を済ませたらゆっくり休みなさい」

命からがらに帰ってきたのだ。どうせなら父を交えた三人で夕餉を囲み、あらためて再会を喜びたかったのだが、寄り合いがあるというのなら仕方がない。出かける父を見送ったあと、カイルと二人で夕餉をとることにする。

大皿に盛られた料理を取り分けていると、じっと頬にそそがれる視線を感じた。

「なあ、テオ。お前は母親似か？　あの父親とは似通《にかよ》ったところがひとつもない。顔の形も髪の色もまるでちがうではないか」

よく訊かれることだ。テオは苦笑して、カイルの向かいに腰を下ろす。

「ぼく、父さんと血は繋《つな》がってないんだ。母さんはひとりでぼくを産んだから」

「ひとりで？　ずいぶん逞しいな。大陸を旅する楽団に所属していたという母か？」

「うん——」

母はフィオーナという名前で、楽団で竪琴《たてごと》を弾いていた。いまでも目を瞑《つむ》ると、光溢れる母の笑顔がよみがえる。

「カイルが会ったら、きっとびっくりすると思うよ。母さんはすごく美人で、きれいな銀髪をしてたんだ。目は、ぼくの右目と同じ青。ああでも、ぼくと似てるのは右目の色だけだよ？　母さんは顔も姿も本当に天女みたいな人だったから」

父は途中から楽団に加わった歌手で、美しい母に一目惚れしたらしい。「どうかテオの父親にならせてほしい」と母を熱心に口説き、やがて二人は夫婦になったのだという。

だがテオが十歳の頃、母が病にかかり、楽団とともに旅することができなくなった。父は母がゆっくり休めるようにと生まれ故郷でもあるこの地に家を建てて、母を看取《みと》ったのだ。

「それからずっと、父さんと二人で暮らしてる。だけど燿の国には歌手の仕事がほとんどなくて……。だからぼくは田畑でとれた作物を売って、生計を立ててるんだ。カイルから見たらすごく貧乏かもしれないけど、全然つらくないよ。おてんとさまの恵みで生きていけるなんてとてもありがたいし、自分にできることがあるのもうれしいし、父さんと暮らしていけるのも幸せだしね」

けれど父にはいつか楽団に戻って、もう一度あの歌声を響かせてほしい。そのためにはまず、燿の国を出るためのお金をためなければいけない。夕餉をとりながらそんな話をしているうちに、あっという間に夜が更《ふ》けた。父はまだ帰ってこない。

（寄り合いってそんなに時間がかかるものなのかなぁ）

怪訝《けげん》に思ったものの、大人の男たちの集まる場だ。途中で酒宴《しゅえん》のようになっているのかもしれない。

「とりあえず今夜はこの寝台を使って。ぼくは居間で寝るから」

カイルを自分の部屋に案内して寝台を整えていると、なぜか後ろからカイルの腕が伸びてきて、すっぽりと体を包まれた。

「お前は健気《けなげ》だな。本気で惚れてしまいそうだ。己の複雑な境遇を恨むこともせず、まさかその細腕で父親を支えて生きているとはな」

「ほ、惚れるってそんな……ぼくは自分にできることをしてるだけで」

蔦《つた》のように絡《から》んで離れない二本の腕にうろたえていると、ふっと体が軽くなり、両目に映る景色が変わった。

（あ、あれ？）

ついさっきまで後ろにあったはずのカイルの顔が真上にある。忙《せわ》しなく周囲を見まわし、寝台に寝かされたことに気がついた。なんという早業《はやわざ》だろう。かあっと頬が熱くなる。

「あ、あの、こういうことはちょっと……」

「初めてお前の手に触れたとき、ずいぶんかさついているなと思ったのだ。幼い頃から畑仕事に精を出していたから、これほど荒れたのか」

真面目な面持《おもも》ちのカイルがテオの手をとり、指先に唇を寄せてくる。

誰もが振り返る美貌の持ち主だ。下向きになった睫毛《まつげ》や、やさしく指に這う唇に見入ってしまい、「わわっ！」と声を出すのが遅れた。慌てて両手を握り、カイルの胸を押す。

「うん？　なぜ拒《こば》む。俺と契りを結ぶ約束をしただろう。無事に家に連れて帰ってやったのだから、お前にも約束を果たしてもらうぞ」

「ででもっ、ここは父さんと暮らしてる家だし……」

「父親は留守にしているではないか。それともここを出て、町で宿でもとるか？　俺はそれでも構わんぞ」

「いや、えっ……ちょ――」

押し倒されて初めて、とんでもない約束を交わしてしまったことに気がついた。

契りを結ぶということはすなわち、テオごときの頭では想像もつかないあれこれを、カイルといたすということだ。それも夫婦なら、毎夜のごとく――。

（ひゃあぁ……無理無理無理無理！）

目を白黒させながら必死になって思考を巡らせ、「あっ！」と手を叩く。

「待って待って。夫婦っていうものは、お互いがお互いのことを想ってないと、成り立たないんじゃないの？　ぼくはまだカイルのことをよく知らないし、カイルだって、ぼくに惚れてしまいそうだってことは、いまはまだ惚れてないってことでしょ？　それじゃあ契りを結んでも意味ないよ。たとえぼくが正真正銘の天の子だったとしても」

最後の一言にとにかく力を込める。

ややあって、カイルが「ほう」と目を眇《すが》めた。

「テオ。お前、歳はいくつになる」

「じゅ、十七だけど？」

「俺より八も年下か。ならばきれいごとを語るのも仕方あるまいな。この世には、肌を重ねてから芽生《めば》える愛もある。そう頑《かたく》なにならず、俺に身を任せておけ。夜が白《しら》み始める頃には、おまえのほうが夢中になって腰を振っているやもしれんぞ」

「ここ、腰……⁉」

やっぱりこの人は最悪だ。

ニッと笑うカイルの下でじたばたと暴れていると、ふいに窓の辺りで鴉の声がした。

『カイル。大変だ、兵士が来たぞ！』

「なんだと？」

なぜ砦《とりで》もない山間の地に兵士が来るのだろう。カイルと揃って飛び起き、突きあげの窓へ駆け寄る。

辺りはすっかり闇に沈んでいて、何も見えない。だが家へ近づく三つの明かりは見てとれる。

「おかしいな。つけられるようなへまはしておらんはず――」

ふいに明かりのひとつが揺らめき、先頭を歩く男の顔を照らす。ほんの一瞬のことだったが、まちがいない。二人の兵士を導いているのは父だった。

テオが気づいたようにカイルも気づいたらしい。互いに表情を強張《こわば》らせ、近づく一方の明かりを見つめる。

「そ、そんな……どうして父さんが……」

「いや、まだ分からんぞ」

カイルが枕元の角灯《かくとう》を手にして部屋を出たので、テオも急いであとに続く。

どうか見まちがいであってほしい。ここではないどこかへ向かってほしい。願う心とは裏腹に、三人分の土を踏む音がじょじょに近づいてくる。表の木戸がガタッと揺れた。カイルが素早く角灯の明かりを消し、獅子の姿へと変化する。

『テオ。お前は隠れておれ』

「う、うん」

言われるまま、棚の陰に身をひそめる。ほどなくして木戸が開かれ、父たちが家へ忍び込んでくる気配がした。

「あの、本当に秘密にしてもらえるんですよね？　子を売ったのが父親だったなんてことが集落の皆に知られてしまったら……」

「分かっておる、案ずるな。我らとて、獅子に奪われた献上の御品を血眼《ちまなこ》になって捜しておったのだ。そなたが知らせてくれて助かった。礼は弾《はず》むぞ」

「あ、ありがとうございます」

ひそめた声で交わすやりとりが確かに届き、テオは凍りついた。どうして父さんが――混乱する自分の声が頭のなかを駆けめぐる。

「息子の寝所はどこだ」

「家の奥の東側の部屋です。あっ、息子の他に今夜は旅人も泊まっています。ちょっとした成り行きで……」

「旅人が？　ふむ、承知した」

父は伝えるだけ伝えると、歩みを止めたのだろう。廊下を進む二人の兵士の足取りが、床板を通して伝わってくる。

そのときだった。『グルル……』とカイルが獣の声で唸《うな》り、兵士たちに飛びかかる。

どちらの兵士も、まさかあの獅子がこんなところにひそんでいるなど思っていなかったにちがいない。ふいを衝《つ》かれた彼らは「うわぁ！」と情けない声を上げ、角灯を落とす。慌てふためき混乱する悲鳴と激しい物音が聞こえたのも束の間、廊下はもとの静寂を取り戻す。

テオは棚の陰から出ると、落ちていた角灯を手にした。

人の姿へ戻ったカイルとともに、静かに廊下を進む。ようやく明かりの届いた家の戸口では、父ががくがくと下顎《したあご》を震わせ、へたり込んでいた。

「父さん……どうして？」

真っ青なその顔に、角灯の明かりを掲げる。

「ねえ、答えて。もしかしてぼくは市場へ行く途中に盗賊にさらわれたんじゃなくて、父さんの手で盗賊に売られたってこと……？」

思えば盗賊たちは、眼帯で黄金色《きんいろ》の目を隠しているテオに、迷わず麻袋をかけた。テオの容姿が稀《まれ》なものであることや、テオが市場へ行くときにいつも使う道を事前に知っていたとしても不思議はない。

何よりも父は言ったではないか。やっとの思いで家へ帰り着いたテオに、「お前、無事だったのか！」と。自《みずか》らの意志で家を出たのだと信じていたのなら、もっと別の言葉が口から飛びでていたはずだ。

導きだした答えを突きつけると、父がくしゃりと顔を歪《ゆが》める。

「ゆ、許してくれ、テオ。お前が憎かったわけじゃない。お前が……お前が朝から晩まで働けば働くほど、惨《みじ》めな気持ちになるんだ。お前はフィオーナの息子だというのに、父さんはこんな生活しかさせてやれない……。だから父さんから離れれば、いまよりましな生活をさせてやれるんじゃないかと思ったんだよ！」

涙ながらに訴える父にカイルが言った。力ずくで怒りを抑えた、低い声だった。

「偽りを申すな。金に目が眩《くら》んだんだろう。王が妃《きさき》のために国中から稀有《けう》なものを集めていることは、商人や盗賊たちの間では周知の事実。テオを売り渡したお前には、結構な金が入ってきたはずだ」

「ち、ちがう……っ」

父がぶんと首を横に振る。

「確かに金は受けとった。だけど俺は金がほしかったわけじゃ……」

「だったらなんだ。お前の心にテオの母親はもういないということか？　愛した女を忘れ、その女の子どもも捨てて、新しい女と新しい人生を歩んでいきたいと？」

カイルの言葉に、安寿の姿が頭をよぎる。

父が「うっ……」と嗚咽《おえつ》を呑み、うなだれる。否定の言葉はいつまで経《た》っても聞こえてこなかった。

「情けない男だな」

カイルが静かに息を吐く。

「お前の息子はもう十七、乳飲み子ではない。新しい女と生きていきたいならば、息子にそう伝えればよいだけのこと。それをしなかったということは、テオの稼《かせ》ぐ金が必要だったのではないか？　しかし、悩んだ末にお前が選んだのは、息子を盗賊に売り渡すことだ。お前はそうまでしていったい何を守りたかったのだ。父親という体面か？」

一筋、また一筋と、テオの頬に涙が伝う。

父に「安寿と生きていきたいから家を出てくれ」と言われたなら、テオは納得して家を出ただろう。「もっと金が必要だから身を売ってくれ」と言われたなら、喜んで献上の御品になっただろう。

けれど父はどちらの思いも言葉にせず、父親の顔をしたまま、自分の人生からテオをひそかに切り離そうとしたのだ。やさしくて弱くて、とても残酷だ。想像もしていなかった父の内面を知り、角灯の柄《え》を握りしめた手が震える。

「行くぞ、テオ。ここにはもうおられん」

カイルに腕を引かれたとき、テオは咄嗟に踏ん張った。

この家は父だけでなく、母とも過ごした場所になる。母と父の三人で過ごした日々が次から次へと頭によぎるのを感じながら、涙で濡れた頬を拭《ぬぐ》う。

「父さん。いままでぼくといっしょにいてくれてありがとう。ぼくは父さんがいるから、がんばってこれたんだ。だけどこれからはひとりで生きてくね。安寿のこと、大事にしてあげて」

誰でも思いつくような、冴《さ》えない別れの挨拶《あいさつ》かもしれない。

けれどそれ以上の何かを言葉にすると、心に入った亀裂《きれつ》から濁流が溢れだし、たくさんの思い出を押し流してしまう気がした。強がりも大いにまじっていただろう。無理やり口角《こうかく》を持ちあげて、父の側にそっと角灯を置く。

「テオ……」

「さようなら、父さん。元気でね」

息子の顔で微笑《ほほえ》んだあとは、もう父を見なかった。「テオ……！」と名を呼ぶ声を聞きながら家を出て、獅子の姿に変わったカイルの背に跨《また》がる。

カイルにぎゅっとしがみつくと、また涙が溢れてきた。いつの間にか降りだした雨とまじり、したたかに頬が濡れていく。懸命に嗚咽を殺すなか、辿り着いたのは裏山の奥にある洞《ほら》だった。苔《こけ》むした倒木と岩とが複雑に重なり合い、雨風を凌《しの》げる空間を作っている。

テオは洞の奥へ這い進むと、突っ伏して泣いた。

「ぼくが邪魔ならそう言ってほしかった。それとも父さんの気持ちに気づかなかったぼくがいけないのかな。一生懸命に田畑を耕して、父さんを助けてるって信じてた自分が傲慢《ごうまん》だったのかも……」

『そのようなことがあるものかっ』

洞の入り口に陣取ったカイルが、テオを振り向き吠える。

『お前の父親が弱かっただけのことだ。もとより人には弱いところがある。この世にいない人間をただ一途《いちず》に想い続けることは、誰にでもできることではない』

なんだよそれ、と口のなかで呟く。まだ涙は止まらない。歪《いびつ》にうねった感情を吐きだすかのように地べたに拳をぶつけ、何度もぶつけ、ようやく「ああ……」と細い声が出た。

母がこの世を去って七年。父の時間は止まっているように見えてゆっくりと、確かに進んでいたのだろう。けれどテオの時間は止まったままだった。父はいつまでも父であり、楽団で活躍した歌手なのだと信じていたテオの幼さが、父を追いつめてしまったのかもしれない。

「悲しいな。……そういうの、なんかすごく悲しい」

雨は降り始めたばかりだったのか、カイルの肩越しに弱々しく光を放つ月が見える。テオは洟《はな》をすすりながら仰向《あおむ》けになると、手足を投げだした。

「契り、結んでいいよ。約束だし」

カイルの肩がわずかに強張る。

『ふん。心を散り散りにさせているお前を抱いてもつまらんわ』

「だったら、ぼくの肉も骨も全部食べて。カイルにあげる。ぼくはもういらないから」

『馬鹿なことを申すな！』

カイルが声を尖らせ、テオの頬を尻尾《しっぽ》の先でぴしゃりと叩く。「う……」と嗚咽が洩れ、また涙がこぼれた。

『人肉を食らう畜生と同じにするなと前にも言っただろう。今夜は寝ろ。また新しい朝が始まる。この世に生を受けたからには、どれほど情けない姿になっても生きてゆかねばならん』

それは王子でありながら国を追放された自分のことを言っているのだろうか。それともテオをうまく切り捨てられなかった父のことだろうか。しゃくり上げて泣くばかりのテオもまた、情けない姿をさらしているのかもしれない。

『よいか、テオ。お前が心に刻むのは今夜のことではない。お前の母が生きていた頃、お前を含めた三人で確かに家族だったことを忘れるな』

しきりに吹く風が雨音を散らす。

その夜、テオは久しぶりに母の夢を見た。

わたしの大事なテオ。あなたは神さまからの贈りもの。どうかたくさんの幸せがあなたに降りそそぎますように――。

歌うように紡がれる祈りとともに、いつもやさしく髪を撫でてくれた母の夢を。


翌朝、テオは湿った土の匂いで目が覚めた。

洞の入り口で寝そべる獅子姿のカイルを押しのけて、外へ出る。雨はずいぶん降ったようで、辺りにはいくつも水たまりができている。カイルのたてがみもぐしょ濡れだ。けれどテオは一滴の雨粒も食らっていない。

あれ？　と首を傾げ、カイルのたてがみと自分の衣服を見比べる。

「もしかしてカイル、ぼくを雨風から守るためにずっと入り口にいたの？」

『何を馬鹿な。俺は水浴びがしたかっただけだ。もとは王子ゆえ、清潔好きなのだ』

カイルはふてぶてしく鼻を鳴らすも、立て続けにくしゃみをする。途端にチッと舌を打つような表情でそっぽを向かれ、さすがに笑いがこみ上げた。

「ありがとう、カイル。やさしいんだね」

笑いながら袖口《そでぐち》でたてがみを拭いてやる。『よせ、鬱陶《うっとう》しい』と身震いしたカイルが豪快に水滴を飛ばしたので、結局テオも濡れてしまったが。

「ひどい！　べちょべちょになったじゃないか」

『お前が余計なことを口にするからだ。黙ってありがたがっておればよいものを』

相変わらずの物言いだったが、腹は立たなかった。

むしろ、楽しいし、うれしい。まさか昨夜の今日で、自分が肩を揺らして笑うとは。嵐のあとにはたいてい青空が広がるように、今朝の空には雲ひとつない。いつかこの心もこんなふうに晴れ渡るだろうか。

両腕を広げて風にあたっていると、カイルが言った。

『さて、どこへ行く？　西でもよいし、東でもよいぞ』

「えっ、ぼくといっしょにいてくれるの？」

『お前は天の子だからな。契りを結ぶ前に手放すわけにはいかん』

カイルが四肢《しし》を伸ばしながら、『それに――』と言葉を継ぐ。

『もう少し知りたくなったのだ。お前のことを』

はっきり言葉にされて面食らった。ぱちぱちとまばたき、「どうして？」と訊く。

カイルはすぐに答えようとしなかった。ただ、木漏れ陽と同じ色をした眸をまっすぐテオに向けている。不思議に思ってしゃがんで視線を合わせると、カイルが笑い、顔を近づけてきた。黒く濡れた鼻がテオの首筋をくすぐる。

『さあ、どうしてだろうな。いままで俺が出会った女とは、まるでちがうせいやもしれん。お前はその頼りない体で大地を踏みしめ、懸命に生きてきたのだろう。俺になびく女はたいてい俺の見目と贅沢と宝珠が好きだったゆえ、俺はお前のようなやつを知らんのだ』

確かにテオは、贅沢にも宝珠にも興味はない。カイルの容姿については、すこぶる美形だなと思うが、それだけだ。

「ふぅん……カイルは王子さまなのに、ろくでもない女の人とばかり仲よくなってたんだね」

素直な感想を口にすると、カイルがぷっと噴きだし、『まったくだ』と笑う。

正直なところ、カイルとここで別れることにならなくてほっとした。ひとりで生きていくには、テオはこの世を知らなすぎる。強くて逞しくて、悪友の鴉にとんだクソ野郎と評されるカイルといっしょなら、楽しいこともたくさんあるだろう。

『――で、どこへ行く？』

「そうだなぁ。まずは燿の国から出たいな」

テオの言葉にうなずきを返したカイルが、頭上に向けて獣の声を放つ。しばらくしてテオの肩に鴉が降り立った。

『よう、テオ。昨夜の雨はすごかったな。寝られたか？』

「うん。カイルのおかげでね」

これからテオの新しい人生が始まる。不思議と心は弾んでいた。

＊＊＊＊

「うわぁ……夢みたい」

軒下《のきした》に並べられた、大きな干し肉や艶《つや》のある果実。見るだけでも頬が蕩《とろ》けそうな菓子もある。客引きの威勢のよい声が飛び交う夕暮れの石畳《いしだたみ》を、テオは目を輝かせて歩いていた。

「おい、眼帯がほどけそうだぞ。お前のその目は目立つ。しっかり巻いておけ」

となりを歩くカイルに言われ、「あ、うん」と慌てて結び直す。

テオはカイルとともに険《けわ》しい山脈を越え、燿のとなり――珪《けい》という国に辿り着いた。

カイルは獅子《しし》の姿になればどこへでも行けるが、人間の足しか持たないテオにあてのない長旅は難しい。ひとまず交易《こうえき》の盛んな珪に滞在し、どの国のどの地が住みよいか、情報を集めることにしたのだ。

なおかつここは、旅人たちの集う宿場町。髪の色が少々変わっているテオが歩いていても、誰も注意を払わない。集落と地元の市場以外、ほとんど知らないテオには見るものすべてがめずらしく、通りを歩くだけでも笑みがこぼれる。

きょろきょろと辺りを見まわしながら歩いていると、通りの奥に華やかな提灯《ちょうちん》で飾られた一角を見つけた。どことなくなまめかしくて、干し肉や果物を売る店の並ぶ通りとは、あきらかに雰囲気が異なる。

「わあ、きれい。なんの店があるんだろう」

弾《はず》む足取りで向かいかけた途端、むんずとカイルに首根っこを掴まれた。

「待て待て、そっちは遊郭《ゆうかく》だ。お前が行くような場所ではない」

「ゆうかく？」

「色街ともいう。どこの国の宿場町にもたいていあるぞ。玄人《くろうと》の女とかりそめの情を交わすことのできる店が並んでいる」

カイルの言葉を胸のなかでなぞり、ああとうなずく。ぽっと頬が熱くなった。

「まずは宿をとろう。裏通りには安い宿があるはずだ」

旅慣れしていないテオは、カイルに任せるしかない。しばらく奥まった通りを歩き、一軒のこぢんまりとした宿屋を見つけた。カイルが宿代を払い、二人でなかへ入る。

軋《きし》んだ音を立てる階段をのぼり、寝台が二つある部屋に辿り着いた瞬間だった。カイルがゼェと息をしてよろめく。あっと思ったときには床に倒れ込み、獅子の姿に変わっていた。

「だ、大丈夫⁉」

『ああ、なんとかな。……まったく、不便なことこの上ないわ』

カイルは呪いのせいで、長い間人の姿ではいられない。国境を越えてからこの宿場町に辿り着くまで、山も森もなかったのでしんどかったようだ。カイルはぶつくさと文句を垂《た》れながら窓辺へ進むと、さっそく大きな体を横たえる。

「大変だね。二つの体を持ってると」

『そう思うのなら、俺と契《ちぎ》りを結んでくれ。お前を抱けばこの呪いは解ける』

「解けないって。だってぼく、天の子じゃないもん」

いまだ息を乱しているカイルの背を撫でさすりながら、ふと思った。

「ねえ、服ってどうなってるの？　獅子になったとき、カイルが人の服を着てないのが不思議なんだけど」

素朴な疑問を口にすると、カイルが人の姿になった。「これはこうしておくとよいのだ」と軽く服を撫で、再び獅子の姿に変化《へんげ》する。

服も沓《くつ》も獅子姿に取り込まれ、跡形もない。ただひとつ、青色の宝珠の首飾りだけがカイルの首元に揺れている。

『命のあるものは取り込めん。一度鴉《からす》のやつを懐《ふところ》に入れて試してみたが、だめだった』

「へえ……これも取り込めないんだね」

と、カイルの首飾りに手を触れる。

『これは俺が生まれたとき、父が授《さず》けてくれたものだ。何かしらの思いがこもっているのだろう。ま、邪魔になるものではないし、俺はどちらでもよいが』

口ではそう言いつつも、首飾りを見おろすカイルの表情は穏やかだ。

カイルは十八のとき、呪術師の手によって獅子に姿を変えさせられたと言っていた。ということは、七年も父親に会っていないことになる。

「そろそろお父さんに会いたくなった？」

『馬鹿な。説教くさいじじいになど、誰が会いたいものか』

だけどまあ――と、カイルがあくびまじりに言葉を紡《つむ》ぐ。

『男として、少しは尊敬できる部分も持ち合わせているなと認識をあらためたところだ。何かと口うるさい父親だが、言うことには筋が通っている。自国の民をいちばんに思う王で、贅沢《ぜいたく》や遊興《ゆうきょう》は好まん。ようは堅物《かたぶつ》なのだ』

「なんだ。やっぱりいい人なんじゃないか。カイルが悪さばっかりしてるから、獅子にされちゃったんだよ」

カイルが父王に対して認識をあらためたのは、テオの父親を知ったせいかもしれない。とはいえ、テオにとっても父親はただひとり。悲しい別れになってしまったが、憎むことなど到底できないのが正直なところだ。きっといつの日か、あの夜に流した涙も棘《とげ》を孕《はら》んだ感情も、色褪《あ》せた思い出に変わることだろう。

カイルのたてがみを撫でながら夕闇に染まりつつある空を見ていると、テオの腹がぐぅぅと鳴った。

困ったことにこの宿場町にテオの畑はないし、カイルが狩りに出られるような山や森もない。その上、テオは銭貨《せんか》すら持っていないのだ。

『夜が更《ふ》けるまで辛抱《しんぼう》しろ。俺がどうにかしてやる』

「ごめんね、迷惑かけて」

寝そべるカイルの体にもたれ、そのまま眠ってしまったのだろう。気がつくとテオは寝台に寝かされており、真っ暗な部屋でひとりきりだった。

カイルは食べものを買いに行ったのかもしれない。角灯《かくとう》に火を入れ、しばらく待っていると、思ったとおり、肩に鴉を乗せたカイルが上機嫌な様子で帰ってきた。

「テオ、待たせたな。今夜は豪勢だぞ」

笑みを広げたカイルが、次々に円卓に食べものを並べる。

炙《あぶ》った干し肉を挟んだ大きな饅頭《マントウ》や、川魚を香ばしく揚《あ》げたもの、とろりとした餡《あん》のかかった肉団子もある。「ほら、着替えだ」と服を何枚も取りだしたのにはおどろいた。

「す、すごい！　こんなにいいの？　高かったでしょ」

「何、気にするな。酒場で酔いつぶれている旅人から銭貨をくすねたのだ」

「ええっ」

盗んだ金で買ったのなら、それはすなわち泥棒の所業だ。思わず後ずさりすると、カイルが意外そうにまばたきをする。

「おいおい、俺が金を持っていると思っていたのか？　俺は獅子に姿を変えられてシャタールを追いだされたのだぞ？　金もなければ家もない、他人の持ちものをくすねて生きていくしかなかろうに」

「じゃ、じゃあ、今夜の宿代は？」

「あれもくすねたものだ。一応困らぬ程度にはためておる」

と、下衣にぶら下げた銭袋をじゃらじゃらと鳴らしてみせる。

「そ、そんな……」

テオはいくら貧しくても、他人から銭貨を盗んだことは一度もない。くすねた金でごちそうを買って腹を満たすなど、もっての外だ。

呆然とするテオをよそに、カイルはさっそく円卓の前に陣取ると、脂《あぶら》の滴《したた》る饅頭にかぶりつく。立ち竦《すく》むばかりのテオに気づいた鴉が、『うん？　いらないのなら俺がもらうぞ』と言い、もうひとつあった饅頭から器用に肉を引っ張りだし、円卓の上でついばみ始める。

「テオ。生きるということは、すなわち食うことだ。きれいごとをごちゃごちゃと考えているようでは、安住の地に辿り着く前に飢《う》え死にしてしまうぞ」

カイルの言葉を聞いている間も、テオの腹はぐぅぐぅと鳴り続ける。漂う匂いにますます空腹を刺激され、ついに屈服するしかなくなった。

（おてんとさま、ごめんなさいっ）

だだっと円卓に駆け寄ると、素早く鴉から肉を奪い、自分の口につめ込む。ついでに脂の染みた饅頭も頬張《ほおば》った。『あ、クソ！』とくちばしで攻撃してくる鴉を手で払い、揚げた川魚にもかじりつく。

おいしい。涙が出るほどおいしい。

次から次へと食べものに手を伸ばし、頬張る自分がとても悔しかった。


それから数日後――。

テオは真っ昼間から惰眠《だみん》をむさぼる獅子のカイルに、高らかに宣言する。

「ぼくはやっぱりおてんとさまに背《そむ》く生き方はできない！　働くことにしたから！」

『働く、だと？』

カイルが顔を持ちあげ、眠そうに目をしばたたかせる。

不本意な夕餉《ゆうげ》を口にして以降、テオはこの宿場町で働き口を探していたのだ。

本当は大通りの土産物屋や果物を売る店がよかったのだが、残念ながら人手が足りているらしく、見つけたのは裏通りにある酒場だ。二階は同じ主《あるじ》の経営する宿屋になっており、結構繁《はん》盛《じょう》しているらしい。眼帯で左目を隠しているテオを見た主には、「まさか眼病持ちじゃないだろうな」と訝《いぶか》られたが、「ちがいます、松葉で突いただけです。働けます」と言い張り、なんとか雇ってもらうことに成功した。

『おい、酒場などやめておけ。お前のようにすれておらんやつが働けるところではないぞ』

「そんなこと言ったって、ここに畑はないんだから仕方ないでしょ。それにぼくはカイルみたいにぐうたらなのは嫌なの！」

『なんだと⁉』

テオの一言で眠気が吹き飛んだらしい。カイルは四本の足で立ちあがったかと思うと、牙《きば》を剝《む》く。だがテオにも言いたいことがある。怯《ひる》むことなく対峙《たいじ》して、その鼻先に人差し指を突きつける。

「だいたいね、カイルは昼間、寝てばっかりじゃないか。ずっと人の姿でいられないことは知ってるけど、ときどき獅子の姿になってれば、しんどいのは治まるんでしょ？　だったらちょっとくらい働けるじゃん。やっと起きたと思ったら、鴉とつるんで町に繰りだすし。そんなんだから呪いをかけられるんだよ」

『何を偉そうに。この町に滞在している理由を忘れたか。俺はお前のためにこの大陸でもっとも住みよい地はどこなのか、尋ねてまわっているのだ。そもそもお前の思う真面目と、獅子の雄《おす》の真面目は大きく異なるぞ。一度サバンナへ連れていってやろうか。獅子の雄というものはここぞというときのために、昼間はこうして体を横たえて英気を養っておくものなのだ』

「なんだよ、さばんなって。都合が悪くなったらすぐに獅子ぶるんだから」

自棄《やけ》になって契りを結ばなくて本当によかった。獅子だろうが王子だろうが、ぐうたらなのはいちばんだめだ。テオは身支度を済ませると、不服そうなカイルの顔を両手で挟み、わしわしと撫でてやる。

「ということで、ぼくは仕事に行ってきます。お獅子さまはどうぞ英気を養って」

『お前――』

カイルが凶悪に顔を歪《ゆが》め、テオの腕に嚙みつく。といってもただの甘嚙みで、痛みなどまるで感じなかったが。

（ほんと、しょうがない人だなぁ）

呆れはするものの、口で言うほどに腹は立てていなかった。なんだかんだ言ってもカイルは頼りになるし、側《そば》にいてくれるだけで安心感がある。悪童がそのまま大きくなったような人なので、八つも年上の王子のわりに、気の置けないところもいいのだろう。

父と別れるというつらい経験をしたのにもかかわらず、テオがこうして前を向いていられるのは、洞《ほら》で過ごした夜にカイルが力強い言葉でテオを支えてくれたからだ。もしあの夜、テオがひとりきりだったなら、溢れる一方の涙に溺《おぼ》れ、もうこの世に未練はない、母さんのもとへ行こうと考えていたかもしれない。

（よかった、カイルと出会えて。お給金をいただいたら、カイルと鴉といっしょにごちそうを

食べようっと。楽しみだなぁ）

笑顔で酒場の扉を押し開き、「本日からよろしくお願いします」と頭を下げる。

テオの仕事は酒場の二階、すなわち宿屋のほうへ酒や料理を運ぶことだった。一度に運べる量は限られているので、何度も階段を上がり下りしなければならない。もちろん、器や酒杯《しゅはい》を下げるのもテオの仕事だ。

初日こそ不慣れなせいでばたばたしてしまったが、ちょこまかと動きまわることは本来嫌いではない。四、五日経《た》つ頃には慣れてきて、注文や部屋をまちがうこともなくなった。

「失礼します」

いつものように泊まり客に声をかけてから、引き戸を開ける。

この宿はテオの逗留《とうりゅう》している宿とはちがい、部屋に寝台を置いていない。そのかわり、大人数で泊まれるほどに広いのだ。今夜も旅装束《たびしょうぞく》の男たちが十人ほど座を囲み、大きな声で談笑している。

働きだしてから毎晩のように遭遇している光景だ。テオは特に何も思わなかったのだが、今夜の泊まり客はどうもテオの声かけに気づかなかったらしい。テオが酒と酒杯を持って踏みだすと、皆が皆、はっとした様子で口を噤《つぐ》み、テオに射貫《いぬ》くような視線を向けてくる。

「あの、ご注文の御品を届けにまいりました」

慌ててつけ加えたものの、場の空気がほぐれない。畳《たたみ》の上には長細い桐箱《きりばこ》が重ねられており、誰かがさっと布で覆《おお》うのが見えた。

「お前、何者だ」

手前にいた男が立ちあがる。目つきが鋭く、見上げるほどの大男だ。

「えっと、ここで働いている者です」

「主の血縁者か？」

「とんでもない。ぼくは雇われている身です」

答えた途端、ひとりの男が部屋から出ていく。

テオの発言に偽りはないか、主に確かめに行ったのかもしれない。男はすぐに戻ってきて、テオの前に立つ大男に何やら耳打ちをする。

「そうか、下働きの者か。うむ、ご苦労。酒を注《つ》いでくれ」

男がもとどおり腰を下ろすと、張りつめていた空気がようやくほころんだ。次からはもっと大きな声で挨拶《あいさつ》しなければと胆《きも》に銘《めい》じ、皆の酒杯に酒を注いでまわる。

「では、お料理を持ってまいりますね」

空になった瓶子《へいし》を抱えて踵《きびす》を返しかけたとき、先ほどの大男に襟首《えりくび》を摑まれた。

「そう急《せ》くな。いつもの顔ぶれで少々退屈しておったところだ。お前も酒宴《しゅえん》に付き合え」

「えっ？」

まだ働き始めて日が浅いとはいえ、客に引きとめられたのは初めてだ。年頃の娘でもないのになぜと訝りつつ、「仕事中ですので」と頭を下げる。ならば仕方ないなとあっさり解放されるかと思いきや、別の男にも腕を摑まれ、強引に男たちの座に加えられた。

「案ずるな。主の許しなら得ておる」

「はあ……」

もしかして先ほど階段を下りた男が主と話をつけたのだろうか。テオの推察を裏づけるように、酒場のほうで働いている女たちが次々と料理を運んでくる。テオが泊まり客の酒宴に加わっていることに何の疑問も持っていないようだ。

「ほら、飲め。小僧でも酒くらいは嗜《たしな》んでいるだろう？」

「ああいえ、ぼくはお酒なんて一度も飲んだことがないんです」

「真面目ぶらんでもよい。それとも俺らの酒は飲みたくないということか？」

どうしてそんな強引に……と思ったが、もちろん声にできるはずがない。仕方なく酒杯を受けとり、一口飲んでみる。

途端に舌と喉《のど》が灼《や》けるほどに熱くなった。まさか酒がこれほどまずいものだったとは。しかめた顔でむせていると、向かいであぐらをかいている男が「これならどうだ」と懐から竹筒《たけづつ》を取りだし、その中身を新たな酒杯にそそぐ。

（もういらないのに……）

ため息を押し殺し、差しだされた酒杯に恐る恐る口をつける。

おどろいたことに、先ほど口にした酒とはまるで味がちがう。どうも茶のようだ。甘みがあって飲みやすい。

「あ、これだったら飲めそうです」

素直に感想を言うと、なぜか男たちがどっと沸いた。

「そうか。これのほうが好みか。ならば好きなだけ飲め」

「あ、ありがとう、ございます」

とりあえず場が和《なご》んだのでよしとするべきか。どうしてこんなことになっているのかさっぱり分からないまま、居心地悪く茶をすする。まあ、しばらくすれば解放されるだろう。テオはそう思っていたのだが、解放される気配もないどころか、じょじょに体が重くなってきた。

(あれ……？　なんかおかしいぞ)

座っているだけだというのに、ふらふらと体が揺らめくし、えいと気合いを入れなければ、まぶたを持ちあげることも難しい。

「――効いてきたようだな」

誰かが言った。

「薬草といっしょにこいつも売り払おう。家に帰すわけにはいかん」

「面倒なものを見やがって。男は安値だが、酒代の足しくらいにはなるだろう」

男たちのささやきを小耳に挟み、ようやく自分が足どめされている理由を察した。

おそらくテオが部屋に入ったときに目にした、あの桐箱がよくなかったのだろう。早く逃げなきゃと焦《あせ》るものの、体が言うことを聞かない。立ちあがろうにも力が入らず、「帰してください！」と訴えようにも、かすれた声しか出ないのだ。

「くっ……ふう……ぅ」

男たちはひとりで格闘しているテオの姿がおもしろいのか、わざと小突いて転ばせたり、「もっと飲め」と茶を無理やり口に流し込んだりする。

「や、やめ……」

これはただの茶ではないのかもしれない。茶で喉が潤《うるお》えば潤うほど、額《ひたい》に汗が噴きでて、下肢《かし》の狭間《はざま》が熱くなる。自分の体にかつてない異変が起きていることはあきらかだった。

（嫌だ、なんでこんな……帰りたい、帰りたいよぉ……）

酒場などやめておけ——いまさらカイルの言葉を思いだしても遅すぎる。

涙にまみれた顔を歪ませて、ひとり苦痛に耐えていると、引き戸の向こうから「お酒をお持ちしました」と聞こえてきた。

どこかで聞いた覚えのあるような、ないような、澄ました声だ。

「うん？　頼んでおらんぞ」

「——ああそうかい」

声は途端にぶっきらぼうなものになり、勢いよく引き戸が開く。

（あ……）

どうか、これが夢でありませんように――。

夢でなければきっと大丈夫だ。ほっとしたせいで頬がほころぶ。けれど実際にはみっともない泣き笑いだったかもしれない。

部屋に入ってきたのは、カイルだった。

眉間《みけん》に深く皺《しわ》を寄せた不機嫌な形相《ぎょうそう》で、左右の手にそれぞれ酒壺《さかつぼ》をぶら下げている。この酒壺は酒を保管する際に使う大きなもので、テオはひとりで持ちあげられない。そんなものを二つも手にしたカイルに、男たちはただならぬものを感じたのだろう。「何者だ！」と口々に叫び、気色《けしき》ばんだ様子で立ちあがる。

「まったく、一向に下りてこんと思っていたら、外道《げどう》どもに捕まっておったのか。何をちんたらしておる。悲鳴のひとつでも放てば、すぐに助けに行ってやったものを」

ということは、カイルは一階の酒場にいたようだ。もしかしてテオがここで働くようになってから、毎晩酒場の隅で見守っていてくれたのだろうか。

（うぅ……）

テオは必死になって這いずり、カイルのもとへ向かった。その動きでカイルはテオの腰が立たないことを知ったらしい。はっとしたように息を呑む。

「貴様ら、この子に何をした」

「何をだと？　我らは茶を飲ませただけだ。その小僧がおいしいおいしいとはしゃいで、自《みずか》ら飲んだのだ」

薄ら笑いを浮かべる男たちに、ちがうちがうと首を横に振る。テオは酒よりもこの茶なら飲めそうだと言っただけで、喜んで飲んだつもりはない。カイルにもそう訴えるつもりで顎《あご》を持ちあげる。目の際《きわ》に涙が滲《にじ》んだ。

「お前……声も出せないのか？」

こくんとうなずいてみせると、カイルが表情を変えた。

一瞬で滾《たぎ》ったにちがいない怒りがカイルの髪を逆立たせる。人でありながら荒ぶる獅子のような顔つきだ。カイルは舌打ちとともに踏みだし、男たちに向かって勢いよく酒壺のひとつを振るう。

「────！」

なみなみと酒が入っていたと思われる酒壺は男たちの頭部を直撃し、粉々に砕け散った。カイルは間髪《かんはつ》いれず二つ目の酒壺も振るい、部屋はあっという間に男たちの呻《うめ》き声と酒と陶器の破片でいっぱいになる。

「この俺の目を盗み、テオに手を出すとは命知らずなやつらめ」

大惨事とはまさにこのことだろう。わわわっと声にならない悲鳴を上げ、慌てて土壁に身を寄せる。ごくっと唾《つば》を飲んだのも束《つか》の間、額に血を滲ませながらも起きあがる男たちがいたことにおどろいた。男たちは獣のように吠《ほ》え、カイルに向かって踏みだす。

「俺にかなうと思っているのか」

吐き捨てたカイルが素早く獅子の姿に変化する。

鋭利な爪と牙は、人にはないものだ。その上、カイルは俊敏《しゅんびん》だ。容赦《ようしゃ》なく襲われた彼らは悲鳴を上げ、恐怖に染まった顔で倒れ込む。なかにはカイルに威嚇《いかく》されただけで白目を剝き、気を失う者もいた。

『天の子を愚弄《ぐろう》しやがって。俺に嚙み殺されぬだけましだと思え』

カイルは向かってくる者がいなくなると、人の姿に戻った。

見るも無残にさまを変えた部屋を検分し、「なるほど」と呟く。その足はテオが見てしまった謎の桐箱を蹴《け》りつけていた。

「テオ、しっかりしろ。もう大丈夫だ」

「……う……」

伸ばされた腕がテオを抱きあげる。

屋根から飛び下りたのを抱きとめられたときにも感じた、逞《たくま》しい腕だ。テオを抱えたくらいではびくともしない。ああ、と息をつき、カイルにもたれかかる。

「お前が飲んだ茶というのはどれだ」

どれと訊かれても、座卓は引っくり返っているし、いたるところに酒壺の破片が散らばっていて、足の踏み場もない。それでもカイルとともに部屋を見まわし、転がっている竹筒を見つけた。テオが指をさすと、カイルが竹筒を拾いあげ、栓《せん》を抜く。

小難しい顔で茶の匂いを嗅《か》いでいたカイルが表情をほぐした。

「安心しろ。これはただの茶ではないが、毒でもない」

「……と？」

ほんと？　と尋ねたつもりだ。カイルには伝わったようで、「大丈夫だ」と力強い声で返される。やっぱりカイルは頼りになる。涙にまみれた顔で微笑《ほほえ》むと、カイルがまるで獅子のときのようにテオに鼻先を擦《こす》りつけてきた。

「な？　だから酒場はだめだと言ったのだ。ならず者を手玉にとれるくらいでなければ、つとまらん。お前には無理だ」

はい、と返したつもりの言葉も、おそらく声になっていないだろう。

カイルが助けてくれた――その安心感がテオの体を弛緩《しかん》させ、視界に映るものがたちまちぼんやりと白茶けていく。もはや意識は途切れる寸前だ。

「主よ。騒がせてすまなかったな。此度《こたび》の修繕費《しゅうぜんひ》、酒代、その他諸々《もろもろ》は、二階で伸びているやつらが払うゆえ」

テオが最後に見たものは、階段の上がり口で腰を抜かしている主の、青ざめた顔だった。

「……ん……」

そよそよと風が吹いているが、やさしすぎて物足りない。テオの首筋は汗で濡れ、まぶたの裏では極彩色《ごくさいしき》の光が瞬《またた》いている。ろくに動けもしない体で唸《うな》っていると、ふいに冷たいものが唇に触れた。

（水？　……あっ、水だ！）

濁《にご》った意識が一瞬鮮明になり、夢中になってぱくぱくと口を動かす。

冷たくておいしくて、やわらかくて気持ちいい。ああ、もっと、と吸いついたとき、はたと気がついた。

（ん……？　やわらかくて気持ちいいってどういうこと？）

芽生《めば》えた疑問が衝撃で、重かったはずのまぶたが持ちあがる。

間近なところにカイルの顔があった。

「あ、……」

「おお、テオ。心配したぞ」

カイルは見慣れない赤い服を着ていて、脚付きの美しい洋盃《グラス》を持っている。洋盃に満ちているのは水のようだったので、口移しで水を飲まされたのかもしれない。びっくりして飛び起きたとき、羽扇子《はねせんす》を手にした女性が二人、枕元にいることに気がついた。「うわあっ」と悲鳴を上げる。

「元気そうで安心した。声を出せるようになったのだな」

カイルはほっとしたように笑むと、女たちにも笑いかける。

「手間をかけさせてすまなかった。もうよいぞ。連れの者が目を覚ましたゆえ」

町娘にはとても見えない、美しい女たちだ。天女さながらに紗衣《しゃぎぬ》をまとい、なまめかしい花の香りを漂わせている。彼女たちは名残惜《なごりお》しそうに白い手を伸ばすと、カイルの肩や頬を撫でてから部屋を出ていく。

ぽうとした眸《ひとみ》で二人を見送ったのも束の間、テオははっとして辺りを見まわした。

朱色や黄金色《きんいろ》、黒色で設《しつら》えられた絢爛《けんらん》な一室だ。カイルとともに逗留している宿の部屋とはあきらかに異なる。飾り棚や屏風《びょうぶ》にも趣向が凝《こ》らされており、テオがいるのは分厚い布団の上だ。枕元には、牡丹《ぼたん》の花の描かれた行灯《あんどん》がともされている。

「ここは……？」

「妓楼《ぎろう》の部屋を借りたのだ。さすがにあれだけの騒ぎを起こせば、宿屋には帰られん。容易《たやす》く役人が出入りできん遊郭のほうが安全だ」

ということは、初めて宿場町を歩いたときに見た、華やかに飾られたあの一角にいるのだろう。どうりでまぶたの裏がちかちかしたはずだ。なんとなく落ち着かなくてうつむくと、カイルに衣服を渡された。

「着替えておけ。ずいぶん汗をかいていたぞ」

「あ、うん。ありがとう」

「長襦袢《ながじゅばん》という。適当に羽織《はお》っておけばよい。肌衣《はだぎぬ》のようなものだ」

カイルが着ているのもこれと同じなようだ。ぺらぺらとしていて少々頼りなかったが、確かに汗をかいているので気持ちが悪い。カイルに背を向けてごそごそと着替えるさなか、テオはぎょっとして目を剝いた。

（うっ、わぁ！）

下帯《したおび》がぐっしょり湿っているだけでなく、脇から勢いよく男子の証《あかし》が飛びだしている。

そういえば、男たちに不思議な茶を飲まされたとき、股座《またぐら》がじくじくと熱くなる気配がしたのだ。思いだした途端、体の奥に沈んでいた昂《たか》ぶりが攪拌《かくはん》されて渦《うず》を巻き、熱く湿った吐息がこぼれる。

（な……なんでこんな……）

ひとりきりのときならまだしも、今夜はカイルがいる。ちらりと横目で窺うと、カイルは手酌《てじゃく》で酒を飲んでいて、テオの変化には気づいていないようだった。

「おそらく酒場の二階にいた男たちは、闇商人だ。お前、怪しい桐箱を見たのではないか？　なかにはぎっしりと禁制品の薬草がつまっておった。俺が助けださなければ、お前は薬草とともに売り払われていたぞ」

お願いします、おてんとさま。どうかぼくの体をもとに戻してくださいーー。

テオは一心不乱に祈っていたので、カイルの話を何ひとつ聞いていなかった。

きっとカイルはうんともすんとも応《こた》えないテオを不審に思ったのだろう。「おい」と呼びかけながら、側へ来る。

「先ほどから何をひとりでごそごそしている。聞いているのか」

カッと頬を赤らめ、慌てて長襦袢の上から股座を押さえ込む。

「聞いてるよ、聞いてる。カイルはどうぞお酒でも飲んでて。ぼくのことは気にしなくていいからっ」

「そういうわけにはいかんだろう。お前の具合が心配だ。顔が真っ赤だぞ」

「大丈夫だよ、もう元気だし……！」

必死になって言い繕《つくろ》うも、カイルは騙《だま》されなかった。テオの真後ろであぐらをかいたかと思うと、テオを引き寄せ、己の股座の上へ乗せる。

二本の腕がやんわりとテオの体を包んだ。

「さてーー困ったことになったたな」

含みを持たせた物言いに、ぎくりと肩が跳ねあがる。

カイルはテオの肩口に顎を乗せ、ニヤニヤと笑っている。テオの体にどんな異変が起こっているのか、察している顔だ。

「ど、どうして分かったの？」

「分かるさ。お前が飲まされたあの茶は、珪の国では催花月茶《さいかげっちゃ》という名で売られている。色街遊びには欠かせない代物《しろもの》よ」

「いろまち、あそび……」

いまひとつ呑み込めず、カイルの言葉をそのままなぞる。

「分かるか？　催花月茶を飲めば、女は濡れてよがり狂い、男は何度絶頂を迎えようとも朝まで萎《な》えることはない。ちなみに俺もかつて、女を抱く際に飲んでみたことがある。この世の楽園を堪能《たんのう》したわ」

「え、えっ……！」

「お前は腰も立たない、声も出せないほどだったゆえ、眠り薬もまぜられておったのだろう。何にせよお前のここはいまだ衰《おとろ》えず、あられもない姿でそそり立っているのではないのか？」

見事に言い当てられてしまい、テオは耳まで赤くしてうなだれた。

こんなことになるのなら、我慢して酒を飲んでいればよかった。長襦袢の上から押さえつけた股間はじっとりとした熱を孕んでいるので、茶の効き目はいまもなお継続中なのだろう。朝までこの狂おしい昂ぶりを抱えていなければならないのかと思うと、吐息が震える。

「俺が慰めてやろうか」

ふいにカイルがテオの耳たぶを食《は》んできた。

飴玉《あめだま》をもてあそぶように耳たぶを転がされたこともそうだが、同じくらい、慰めるという言葉にもおどろいた。「えっ」と声を上げ、カイルを見る。

「慰めるって、どうやって？」

「いちいち言わせたいのか、好き者め。ようはお前が普段していることを、俺がかわりにしてやろうかと言っている。自慢ではないが、手技《しゅぎ》には自信がある。ま、年の功というやつだ。お前好みのやり方で高みに導いてやるぞ」

分かるようでいて、分からない。カイルはまだニヤニヤと笑っている。

「ぼくのかわりにカイルが念じてくれるってこと？」

「念じる、だと？」

「人に念じてもらうほうが効果があるの？」

真顔で尋ねた途端、カイルの表情から笑みが消えた。何かを思案するように小難しい皺を眉間に刻《きざ》み、テオの手が押さえる股間に目を落とす。

「ひとつ訊いてもよいか？　お前は男子の証がこのようなていになったとき、普段はどうしている」

「どうって、鎮《しず》まれ鎮まれってひたすら念じてるけど？」

ぱちぱちとまばたきながら答えると、カイルがぎょっとした顔でテオを見る。

「念じて鎮まるのか？」

「う、うん、なんとか。……すごく苦しいんだけど、念じてるうちに眠っちゃって、朝起きたらその……下帯が汚れてて、すっきりする感じかな。あっ、しょっちゅうじゃないよ？　ほんとにときどきあるだけ、そういうことは」

一人前の男でない以上、男棒の変化は黙殺《もくさつ》すべきだとテオは考えている。男子の証は本来、所帯を持ってから使うものだ。半人前のテオがおてんとさまに隠れてふしだらなことをしてしまったら、きっと罰《ばち》が当たるだろう。おてんとさまの恵みで生きているのだから、後ろめたさで顔を伏せてしまうことがないように、いつでもまっとうでありたい。

そんな思いをつっかえつっかえ語ると、カイルが瞑目《めいもく》した。

「——なるほど」

と太い息をつき、もう一度「なるほどな」と呟く。

「真面目なのもほどほどにしておけ。いまどき修行僧とてそこまではないわ。お前はこの俺の前でひとりで悶《もだ》え、催花月茶で昂ぶった体を念じて鎮めようと思っているのか？　朝を迎える前に俺に食われるぞ」

「たた、食べる……!?　待ってよ、カイルは人の肉は食べないって——」

「どあほう。そっちの食うではないわ」

顔をしかめたカイルがテオを強く抱く。どきっとする間もなく、顔を近づけられ、こめかみに吐息が触れた。

「テオ。お前の敬拝《けいはい》するおてんとさまはすでに沈んでおるぞ」

何が言いたいのだろう。カイルの声音に普段にはない甘さがまじっているのを感じとり、たちまち胸の音が速くなる。

「で、でも、お月さまが……」

「月も出ておらん。見ろ、今夜は闇夜だ」

本当だろうか。首を伸ばして垂れ簾《たすだれ》の向こうを窺う。

よく見えない。首を捻《ひね》る角度を変え、目を凝らす。カイルの手がテオの長襦袢のなかに忍び込んできたのはそのときだ。「ひゃっ！」と声を上げて長襦袢を押さえたが、もう遅い。カイルの右手はしっかりとテオの昂ぶりを摑んでいる。

「まま、待ってよ、待って！　契りを結ぶってこと⁉」

「結びはせん。お前にはまだ早かろう」

「だったら――」

いますぐこの手を放してほしい。

喉から出かかった言葉は、なぜか声にならなかった。カイルの手に包まれた昂ぶりが、テオを置き去りにして喜んだせいかもしれない。これだ、これがほしかったんだと訴えるように脈動を強くして、カイルの手にいたいけな熱を伝えている。

テオにも分かるくらいなのだから、直《じか》に触れているカイルはもっと分かっているだろう。

はずかしい。とにかくはずかしい。顔がくしゃくしゃに歪み、ひくっと喉が震えた。

「おい、泣くな。催花月茶で昂ぶった体が、念じるだけで鎮まるわけがなかろう。お前は何も考えず、感じておればよい」

でもっ、と言いかけた唇に、カイルが中指の腹を滑らせる。下肢ではなく理性の側にやわらかな火をともされた気がした。

「空は眠っておる。今宵《こよい》、お前を見ているのは俺だけだ。どうにも耐えられぬようなら、俺のせいにしておけ。俺がもっと早く足どめを食らっているお前に気づいていれば、お前はこのような体にならずに済んだのだからな」

そんな都合のいいように考えていいものなのだろうか。テオが戸惑っているうちにカイルが右手を動かし始める。途端に腰が甘怠《あまだる》く痺《しび》れ、かくんと上半身から力が抜けた。

「ん、あ、やめ……、っあぁ」

ちりりとした小さな火種でも、風にさらされればあっという間に燃え立つように、芽生えた快感が波立ち、うねる。いままで念じることでやり過ごしてきたテオには、カイルの教える快感は強すぎた。甘えるように響く自分の声すら下肢を疼《うず》かせる種になり、押し寄せてくるものをとどめることができない。ぶるっと体がわななき、子種の汁が溢れでた。

「は……っ、あ――」

カイルの胸に背を預け、吐精《とせい》の余韻に息を弾ませたのは束の間だった。

まちがいなくカイルの手は、テオの吐きだした汁で汚れている。固く目を瞑《つむ》り、どうしようどうしようとうろたえていると、ぴちゃっと湿った音がした。

はっとして目を開ける。カイルが濡れた自分の手に舌を這わせている。まるで甘露水《かんろすい》でも舐《な》めとっているかのような表情だ。釘《くぎ》づけになっているテオに気づくと、満足そうな笑みをたたえてみせる。

「な？　悪くなかっただろう？」

いつもの調子で言われ、あやうくうなずいてしまうところだった。

真っ赤になってうつむくテオのこめかみに、カイルが唇を寄せる。

「念じて鎮めるなど、苦しいだけの愚行《ぐこう》だ。小さきものを愛《め》でるようにかわいがってやればよい。誰が咎《とが》めるものか」

言いながら、再びカイルの手がテオのものを包む。

小さきものを愛でるように――その言葉どおり、今度はやさしく慈《いつく》しむ手つきで撫でられた。悦楽《えつらく》のほとぼりを丁寧に煽《あお》られ、またもや「あっ、あっ……」と喘《あえ》ぎが迸《ほとばし》る。

赤の他人の、それも同じ男子の秘部だというのに、特に抵抗を覚えていないらしいカイルが不思議でならない。テオを天の子だと信じているから、手間暇《てまひま》かけて閨《ねや》での初歩を教えようとしているのだろうか。

答えは分からなかったが、テオの肉芯《にくしん》はかわいがってくれるカイルにすっかり心を許したようだ。いつもは生白い幹《みき》を花の色に染め、小さな口をぱくぱくと動かしてはしきりに露《つゆ》をこぼしている。

「はぅ……んっ、あ、は……」

ああ……まただ。また、子種の汁が出てしまう――。

じょじょに強くなっていく快感のうねりを味わっていると、ふいにカイルの手が離れた。

「自分でしてみるか？」

「え……」

「お前の手でよいところを探してやれ。男というものは、たいてい所帯を持つ前に己の体をいじる。このかわいらしい肉鉾《にくほこ》はお前のものだろう？　ならば、お前がお前のよいところを、いちばんに知っておくべきだ」

確かにテオは、棍棒《こんぼう》のような状態になったこれのことをよく知らない。何よりも先ほどまであった手に去られ、身の内に生まれた熱をどうにかしなければという焦りもあった。

こく、と小さく唾を飲み、わななき悶える昂ぶりに手を添える。テオの肩口からカイルが身を乗りだす気配がした。

「ん、は……ぁ」

すごく熱い――。

これほど滾《たぎ》り凝《こご》ったものを念じて鎮めようなど、いままでの自分はなんて身勝手だったのだろう。ごめんね、もう大丈夫だからと思いを込め、よしよしと手のひらで撫でてやる。けれど、カイルに触れられたときのように、鮮烈な快感が広がらない。

助言を求めるつもりで横を見る。ふっと吐息で笑われた。

「撫でるのではなく扱《しご》いてやれ。手筒《てづつ》を作り、こういうふうに」

カイルがテオの手をとり、あらためて肉芯に触れさせる。重なった手に導かれるまま動かすと、股座が溶け落ちるような錯覚に陥った。

「ぁあっ……あ——はぁ、あ」

教えられたとおり、根元から頂《いただき》に向かって、何度も手筒を行き来させる。

じょじょに快感が強くなり、腰が揺らめいた。ひとたびコツを覚えると、カイルの手が離れたことにも気づかず、夢中になって肉芯を扱く。蕩けそうに色づいた頂や、糸を引いて滴る粘《ねん》液《えき》。自分の体の変貌にも興奮し、ハァハァと息が上がった。もっと深く知りたくて、腰を前に突きだし、両脚をあられもなく投げだす。目映《まばゆ》い光がテオのまぶたの裏を覆った。

「うんッ……ん、ぁあっ」

波が来る。とても大きな波が——。

喉を反《そ》らせて喘ぎ、汗ばんだ髪をカイルの首筋に擦りつける。どぷっと勢いよく濁液《だくえき》が溢れ、テオの手のひらをしとどに濡らした。

「はぁ……ぁあ……ふ、ぅ」

達してもなお、甘美《かんび》な波に包まれる。

半《なか》ば放心状態で乱れた息をついていると、間近なところで唾を飲む音がした。

「――困ったな」

カイルが唸り、懐紙《かいし》でテオの手を拭《ぬぐ》う。

「非常に困ったぞ」

何度かまばたきをすると、視界が鮮明になってきた。いまさらながら長襦袢の前を合わせて、カイルのほうに体を捻る。

「どうしたの？」

問いかけには答えてもらえず、なぜか無言で手をとられた。その手を引っ張られ、カイルの股座にとめおかれる。熱くて硬い、塊根《かいこん》のようなものを感じた。

（え……？）

同じ男子なのだから、自分の手のひらがどこに着地したかくらいは分かる。びっくりして慌てて手を引っ込める。

「カ、カイルも催花月茶を飲んだの⁉　いつの間に⁉」

「俺は飲んでおらん」

「えっ、だったらどうして？　すごいことになっ――」

言いかけた言葉が、カイルの太いため息でかき消される。

「あのなぁ、テオ。どれほど高潔《こうけつ》な男でも、興奮すればこのようになる。俺は高潔な男ではないゆえ、なおさらだ」

「こ、興奮、したの？」

「するだろう。これほど間近なところで、お前が手淫《しゅいん》にふける姿を目にすれば」

「そ、そんな……」

テオは学ぶつもりで『小さきもの』を愛でたのに、どうやらかなりふしだらなことをしてしまったようだ。よくよく考えれば、おてんとさまの前でできないことを、人前でするなどありえない。たちまち耳の付け根まで真っ赤にしたテオに、カイルがこの上なく真面目な顔でとどめを刺す。

「テオ。お前は俺が想像する以上に初心《うぶ》くさいやつだったゆえ、念のために言っておく。自分でしてみるかと言ったのは、ただの戯《たわむ》れだ。俺に応えるのは大いに構わんが、俺以外の男に応えてはならんぞ。男は獅子よりも恐ろしい獣だと思え。むやみに滾らせてはならん」

この世のなかにこれほどはずかしいことがあるだろうか。とてもカイルの顔を見ていられず、わたわたと布団のなかにもぐり込む。だが首から上を突っ込んだところで、カイルに引っ張りだされた。

今夜のカイルは興奮しているせいか、いつもより力が強い。力ずくで抱きかかえられ、股座の上に乗せられる。先ほどまでは背後にあった体が、いまや正面にある。はずかしくて両手で顔を覆いかけたのを取り払われ、カイルに顎を上向かされた。

金茶色の眸のなかに、怯え慄《おのの》く自分の姿を見つけたとき、カイルが顔を近づけてきた。もうテオの顔は見えない。かわりに伏せられたカイルの睫毛《まつげ》が見える。

待って、と叫びかけた声が、声になることなく消えてしまう。唇と唇を重ねられ、吐息も奪われた。

「う……んっ、う」

歯列《しれつ》を割って侵入してきた舌が、テオの舌を蹂躙《じゅうりん》する。燿の兵士に追いかけられたときも唇を奪われたが、あれは一瞬の出来事で、戸惑う暇もなかった。けれど今夜はねっとりと口のなかを這いまわる舌に接吻《せっぷん》の生々しさを教えられ、たちまちまぶたが熱くなる。

「だっ……だめだよ、こんな――」

必死になってカイルの胸を押し返したが、体までは離せなかった。それどころか腰を引き寄せられ、急いた手で長襦袢の裾《すそ》をめくられる。はっとして太腿《ふともも》を閉じようにも、脚の間にはカイルの体がある。きつく眉根を寄せたとき、互いの剝きだしの昂ぶりが触れ合った。

「ああ、っ……！」

舌と舌とが絡《から》まるのとはまたちがう生々しさだ。ざっと肌が粟立《あわだ》ち、眸に涙の粒がせり上がる。やっと自慰《じい》を知ったばかりだというのに、それ以上のことはまだできない。

「泣くな。お前が怖がるようなことは何もせん」

「で、でもっ……カイルは契りを結びたいんでしょ？」

「何度も言わせるな。今夜は結ばん。互いが互いを想っていなければ夫婦など成り立たんし、意味がない。お前が俺にそう教えたのだぞ？」

父と暮らす家の自室で押し倒されたときだ。

あれは半分、逃げ口上《こうじょう》であり、真剣にカイルに説《と》いたわけではない。にもかかわらず、カイルの心には響くものがあったということだろうか。

恐る恐る見返すと、唇を寄せられた。先ほどとは打って変わり、頬に触れるだけの口づけだ。

「だがな、テオ。俺はお前とちがい、念じて鎮めることなどしたことがない。俺は何度でもお前を極めさせてやるから、お前も俺に付き合ってくれ。何、難しいことはさせん。お前はただ、俺の上で喘いでおればよい」

「カイルの上で……喘ぐ？」

まばたきをひとつしたとき、下肢の狭間で触れ合っているものをカイルの手でひとつに束《たば》ねられた。

「っ、ひゃ！」

おどろいて伸びあがったところを、もう片方の手で腰骨を摑まれる。

これでは逃げられない。猛《たけ》った男の幹をぐりぐりと擦りつけられ、全身の産毛《うぶげ》が逆立った。

テオの肉芯はあっという間に凝り、蕩けそうな色になる。

「だ、だめぇ……ぁあ、やっ」

「そう言うな。お前とて、放たぬことには鎮まらんだろう」

「で……でも、あっ、ん……はぁ」

カイルの言うとおりだ。テオがどんなに抗《あらが》っても、下肢の狭間の肉芯は引っきりなしに雫《しずく》をこぼし、覚えたての快楽を享受《きょうじゅ》しようと喘いでいる。いったい茶の効果はいつ切れるのか。まるで体のなかにけだものが生まれたようだ。悶え求める衝動を飼い慣らすことができず、理性をぐちゃぐちゃに踏み荒らされる。

「んんっ……ん、あっ、あぁ……！」

絶頂の気配に腰骨が痺れた。背をしならせ、切なく腰をくねらせる。

股座で飛沫《しぶき》が上がった。

「くっ、ふ……ぅ」

互いの下腹が濡れるほどの量だったので、カイルの分もまじっているのかもしれない。

だがテオの昂ぶりは鎮まらない。確かに子種の汁を吐きだしたはずなのに、いまだ反り返り、びくびくと打ち震えている。まだほしい、もっとほしいと泣くように、とくっと一筋、桃色の幹に淫液《いんえき》が伝う。

「恥じ入るな。俺とて同じだ」

「……うそ……」

「うそではない。一度や二度で鎮まるものか。俺はお前より八つも年上だからな」

ついばむようなやさしい口づけがほどこされる。

テオに合わせて加減したらしいカイルの心に触れ、まぶたが火照《ほて》った。震える息を吐きながら、おずおずとカイルの肩に腕をまわす。

「っ……は、あ……」

——朝はまだ彼方にあるようで、垂れ簾の向こうは暗闇だ。どこかで鳴いている夏虫の声に、か細いテオの喘ぎ声が重なった。


「いい加減にしろ」

ぽふっと布団の上から叩かれ、テオは「うっ……」と顔を歪める。

「そろそろ夜が明ける。妓楼で朝寝など、それこそぐうたらな男のすることだ。さっさと布団から出て、湯浴《ゆあ》みをしてこい。珪国を発《た》つぞ」

「む……無理」

もごっと答え、布団を握りしめる。

昨夜《ゆうべ》のことがはずかしくてたまらない。生きていくために自分の力で銭貨を稼《かせ》ぎたかっただけなのに、まさか怪しい男たちに怪しい茶を飲まされ、カイルに助けだされた挙句《あげく》、ふしだらなことをしてしまうとは。契りこそ結んでいないものの、テオの『初めて』の大半が、カイルに知られてしまったことになる。

「ぼ、ぼくはもう、おてんとさまに顔向けできないし、外も歩けない。だ、だってあんなはずかしいこと……うぅ」

涙声で訴えているさなか、突如《とつじょ》風が吹き、前髪を散らされた。

はっとして顔を上げ、力ずくで布団を剝《は》ぎとられたことに気がついた。厳《いか》めしい顔つきで枕元に立ったカイルは、すでに旅支度を整えている。対する自分は、寝乱れてよれよれの長襦袢姿だ。またもや羞恥《しゅうち》に襲われて、「あ、あ、あ……」と縮《ちぢ》こまる。

「あほらしい。お前が契る相手は俺なのだから、昨夜のは予行演習だと思っておけばよい。まぐわいごっこだ、まぐわいごっこ。ちなみにまぐわいとは、体を重ね繫《つな》げることだ。分かったな」

まぐわいごっこ——なんと淫靡《いんび》な言葉だろう。ますますはずかしくなり、妓楼を出たあともカイルの背中に隠れて歩くことしかできない。

うつむきよたよたと歩いていると、宿場町を抜けたところでついにカイルが振り向いた。

「まったく世話のかかるやつめ。旅は一時中断だ。テオよ、俺の背に乗れ。お前にとっておきの風景を見せてやる」

と、獅子の姿に変化する。

昨日までのテオなら、「とっておきの風景?」と目を輝かせて、喜んでその背に跨《また》がっていただろう。けれど男棒を扱いて得る快感を知ってしまったいまは、大股を広げてカイルの背に跨り、肌と肌を密着させることが、とてつもなくはしたない行為に思えてしまう。

耳まで赤く染め、ふるふると首を横に振る。カイルが凶悪に顔を歪め、牙を見せてきた。

『手間をとらすでない! 本気で噛みつくぞ』

「ひい……っ」

慌てて飛び乗り、たてがみにしがみつく。

獅子の姿では、人の目のある街道は走れない。カイルは葦《あし》の茂る川のほとりや、険しい山の悪路をひたすら進む。

振り落とされないよう必死になってしがみつくも、やはり昨夜のことが頭をかすめ、顔を覆ってしまいたくなる。休憩のたびに付近で採《と》れた果実を渡されたが、口を開けてかじりつくことがいまやはずかしい。種をペッと地べたに飛ばすなどもっての外《ほか》だ。

『おい、カイル。テオのやつ、様子がおかしいぞ。あんな小さな実をちまちま食ってやがる。歯痛《はいた》でも患《わずら》ってるんじゃないのか?』

『放っておけ。そのうちもとに戻る』

もとになんて戻れないよ……と、一頭と一羽の会話に、心のなかで泣きべそをかく。

夜は山の岩陰で体を休め——そして、翌日だった。

眠る獅子姿のカイルを横目に岩陰から這いでて、早朝の風に当たるつもりで崖《がけ》の突端に向かう。ねぼけまなこを擦りつつ崖下に目をやり、テオは息を呑んだ。

眼下一帯に青々とした森が広がっている。

日暮れる寸前にこの山に着いたので、昨日は気づかなかった。大陸すべてが樹々に覆われたのかと訝ってしまうほどの広さ。途切れることなく続く緑の海原が昇り始めた夏の陽に照らされる光景は、神々《こうごう》しいほどだ。

ざっ、と土を踏む音に気づき、振り返る。獅子姿のカイルがいた。

『どうだ、俺のとっておきの風景は。なかなか見応えがあるだろう』

「うん、すごい。すごいよ、カイル」

自然と声が弾み、笑みがこぼれた。

「こんなでっかい森が大陸にあったなんて。ここは珪の国の果て？　それとも別の国？」

『いや、どの国の領地でもない。不可侵《ふかしん》の地だ。天の子を探して大陸を旅しているさなかに偶然見つけた。《神の箱庭》と呼ばれているらしい』

「神の、箱庭……」

行ってみるか？　と問われ、テオは即座にうなずいた。

岩の多い山をカイルと鴉に助けられながら、そろりそろりと下りる。下れば下るほど空気が凝縮《ぎょうしゅく》し、一呼吸ごとに体が軽くなっていくのが分かる。まるで神の息吹に触れているようだ。

間もなく消えそうな朝靄《あさもや》は光の粒とまじり合い、テオの髪をささやかな水滴で飾る。

「ああ、――」

森の地に下り立つと、テオは両腕を広げて静謐《せいひつ》な空気を吸い込んだ。

崖から見おろしていたときは、大陸が緑に覆われていると感じたが、森の地から上を見ると、まるで空が緑に覆われたかのような光景だ。巨木が天を衝《つ》くようにそびえ立ち、地からずいぶん高いところで枝葉を広げている。遠くの梢《こずえ》から射し込む光は凛《りん》としていて、その澄んだ光を浴びているだけで、体中が清浄なもので満たされていく。

ふいに獅子姿のカイルが吠えた。威嚇《いかく》するときに放つ声ではなく、遠吠えだ。

「なんて言ったの？」

『この森を荒らすようなことはせぬから、しばし滞在させてほしいと願いでた』

おそらくカイルの願いは聞き届けられたのだろう。さわさわと枝葉がやさしい音を立て、木《こ》漏《も》れ陽《び》がいっそう鮮《あざ》やかになる。

『お許しも出たことだし、俺はゆっくりさせてもらうぞ』

鴉が言い、テオの肩から飛び立つ。

テオの背に翼はないが、今日なら飛べる気がした。それほど心が軽やかになっている。眼帯を外し、沓《くつ》を脱ぎ、一歩踏みだす。地表《ちひょう》を覆う苔《こけ》の感触を楽しんでいるうちに、自然と足が駆けだしていた。

「すごい、すごいね！」

カイルと森を駆けながら、こんな言葉でしか感動を伝えられない自分がもどかしい。

とてつもなく大きな命のうねりを感じる。両手を広げたくらいでは抱えられそうにない大木の幹や、ねじくれて張りだした木の根。朽《く》ちた倒木には草木が茂り、色とりどりの小さな花を咲かせている。妓楼で目覚めたときから、ぐじぐじと悩み落ち込んでいたことが、駆けても駆けても続く森の景色に溶けていく。

珪の宿場町に着いたときは、溢れる活気と華やかさにはしゃいでしまったが、いま確信した。テオはきっと、山や野のあるところでないと生きていかれない。魚が水のなかでしか生きられないのと同じだ。足裏から伝わる土の湿り気や、梢から射し込む光を感じるたび、体中に風が吹き渡る。

「あ！　泉がある」

神秘的な泉だ。水面は空を映して青色に、梢を映して緑色に、そして木漏れ陽を映して黄金色に輝いている。ほとりでは鹿の親子が水を飲んでいた。天女がこの森に降り立ったら、きっとここで水浴びをしただろう。うっとりと泉を見まわし、カイルを振り返る。

「ぼくもちょっとだけ足を浸《つ》けてみてもいいかな？」

『ああ。獣たちをおどろかさないよう、そっとな』

カイルが木陰で寝そべったので、さっそく下衣の裾をまくり、水辺に進む。

泉の水に足を浸した瞬間、「わぁ」と声が出た。

ひんやりしているのにどこかやさしく、心地好い。水は澄んでいて、水草が揺れるのもよく見える。足を浸けるだけではもったいない気がして、椀《わん》の形にした両手で水を掬《すく》ってみる。指の隙間からこぼれた水が黄金色に輝いた。

ふふっと笑って振り返ると、カイルはいつの間にか人の姿になっていた。木陰で立て膝をつき、眩《まぶ》しそうに目を眇《すが》めてテオを見ている。

なぜだろう。もうとっくに見慣れたはずの顔なのに、今日は無性にどきどきしてしまう。言わなければいけないことを思いだしたからかもしれない。

「ありがとう」

テオはカイルのもとへ戻ると、言った。

「とっておきの森にぼくを連れてきてくれて」

「ああ」

「それから――」

小さく唾を飲み、カイルのとなりに腰を下ろす。緊張とはずかしさがテオの頬を染める。

「あの、助けてくれてありがとう。おかしなお茶を飲まされて、ぼくが妓楼の部屋でひとりで困ってたとき」

本来なら翌朝目覚めたときに言うべき言葉だ。自分の乱れ具合がどうしても受け入れられず、こんなにも遅くなってしまった。

カイルがはっと笑う。

「あれはお互いさまだ。礼はいらん」

「でも、嫌じゃなかった？」

尋ねた途端、カイルが体を捻り、テオのほうを向く。

「なぜそう思う」

「……なぜ、って」

もし天女がこの森に降り立ったら、などと夢想したせいだ。テオの脳裏《のうり》に妓楼で見た美しい女たちの姿がよみがえる。二人がカイルに白く華奢《きゃしゃ》な手を絡める様子はとても絵になっていた。それに対して、自分はどうだろう。髪はねずみのような色だし、体は平らで痩《や》せっぽっち、手はがさがさだ。閨のこともよく分からない。

にもかかわらず、あの夜ははしたない声を上げ、覚えたての快楽に溺れてしまった。はずかしさの正体をどう言葉にすればいいのか分からず、

「ぼくは男子だし……こんな感じだから」

と、睫毛を伏せる。

何、気にするな、とか、催花月茶を飲まされたのだから仕方あるまい、とか、待っていたのはその程度の言葉だ。カイルがあの夜のテオを笑い飛ばしてくれれば、心に区切りをつけられ

る。そう思って水を向けたはずなのに――。

「恥じ入ることなどない。お前はかわいらしかった」

思いも寄らなかった言葉を聞き、胸を叩く音がどくっと強くなる。

「かっ……かわいらしい？」

「ああ、誰よりも」

また――鼓動が跳ねた。

聞きまちがいだろうか。自分に向けられた言葉とはとても思えず、金茶色の眸を見つめながら考える。その間もテオの鼓動は跳ね躍《おど》る。

「俺はお前と出会い、愛《いと》おしいという感情を初めて知った」

「――」

「お前といると、心に涼やかな風が吹き、緑が揺れ、花が咲く。豊かで美しい里山が胸に生まれたような心地だ。何ものにも代えがたいし、心を尽くして守りたいと思う。そういう感情だ。分かってくれるか？」

「……は……」

声というより、吐息だ。胸を叩き続ける音が苦しくて、吐息にまじって声が出た。

「お前は純朴で貞淑《ていしゅく》、そして働き者だ。自分にできることを精いっぱいしようと考えるその心《こころ》根《ね》が素晴らしい。俺はそういう生き方をしてこなかったゆえ、お前を見ていると気づかされることが多くある。だから惹かれた」

カイルが手を伸ばし、テオの髪を一筋掬う。

陽に灼けた、ぱさぱさの髪だ。手入れなどしていないし、やり方も分からない。それなのにカイルは光放つものを手にしたかのように目を細め、毛先に唇を寄せてくる。

「覚えているか？　肌を重ねてから芽生える愛もある、俺がそう言ったことを」

「う、うん……覚えてる」

赤い顔でうなずくと、カイルに肩を引き寄せられた。ぐっと距離が近くなり、今度は髪ではなく耳許《みみもと》に唇を寄せられる。

「お前ははずかしがり屋ゆえ、森の精霊にも聞かれぬ声で告げてやる。お前とすべてを分かち合ったわけではないが、それでも妓楼で過ごした夜、俺の腕のなかで恐れ慄き、控えめに声を上げて乱れるお前はかわいらしかった。あの夜のお前が俺の心を射貫《いぬ》いたのだ」

甘くくすぐるささやきに、またもや「はっ……」と声が出た。

頭の芯をぎゅっと絞《しぼ》られるような感覚がして、束の間目の前が白くなる。びっくりしてぶるっと首を横に振る。まるで水辺で溺れかけた動物のようだ。頬も目許《めもと》も耳たぶも、溶けそうなほど熱くなる。

よほど滑稽《こっけい》だったのか、それとも予想どおりの反応をされて可笑《おか》しかったのか、カイルが盛大に噴きだした。

「テオ。俺はお前と生きていきたい。廻《めぐ》る季節をずっと、お前とともに」

気負いのない、けれど戯れとはとても思えない、真摯《しんし》な声だ。テオを見つめる眸も揺らいでいない。

「ずっとって……ずっと？　十年後も二十年後もぼくといっしょにいたいってこと？」

「それ以上にずっとだ。仲睦《むつ》まじい夫婦は、どれほど歳を重ねてもともにいるだろう？」

夫婦という言葉にはっとした。

もしやテオは、この美しい森で求婚されているのだろうか。カイルが《右目で現実を、左目で未来を見ることのできる天の子》と契りを結びたがっているのは知っている。

「だ、だけどぼく、天の子じゃないよ？　だって未来なんて一度も見えたことがないんだ。ぼくとその、本当の夫婦みたいに過ごしても、カイルの呪いは解けないよ」

おそらくカイルは、テオのこの返答を想定していたのだろう。眉ひとつ曇《くも》らせることなく、「構わん」と言う。

「か、構わないって、そんな」

「獅子は人よりも俊敏に動ける上に、思う存分、野山を駆けることができる。獅子の体がなければ、この森をお前に見せることは叶わなかった。まあ、確かに不便な面もあるが、お前が気にするほどのことではない」

あまりにもあっさり言われてしまい、「ででもっ」と声が引っくり返る。

「ぼくは男子だから、えっとその、どんなに仲睦まじく過ごしても、赤ちゃんはできないよ？　カイルはシャタール王国の王子さまなんだから、跡継ぎとか必要なんじゃないの？」

「国を追放された王子に跡継ぎなどいるものか。お前が子を産める体なら二人の子を見てみたいと思っただろうが、産めぬのだから望まん。もちろん、女に産ませる気もない。俺はお前がいればそれでよい」

真剣に想いを語る声を聞き、頬どころか顔中がのぼせたように熱くなる。

これほど一途《いちず》に望まれる日が来ることをいったい誰が想像しただろう。冷静に冷静にと自分に言い聞かせるも、もはや限界だった。くらりと目がまわり、倒れる寸前の上半身を胸に両手を押し当てることでとどめる。

「いますぐにとは言わん。お前は初心ゆえ、心の支度もいるだろう。また返事を聞かせてくれ。俺はお前の唯一になれるまで、いつまでも待つ」

まちがいない。これは求婚だ。カイルに求婚された――。

燿の国の王宮へ向かう輿《こし》からさらわれたときは、獅子の姿で「契りを結ぶぞ」と一方的に宣言されて、無理やり押し倒された。「お前を后《きさき》にしてやる」と尊大な態度で言われたこともあるし、助けることを引きかえに「契りを結ぶか？」と迫《せま》られたこともある。

けれど今日の求婚はいままでのそれらとはまったくちがう。

武骨な手で編まれた花冠《はなかんむり》をまっすぐに目を見て差しだされた気分だ。テオのためだけにカ

イルが心を込めて編んだもの。甘く香りを放つ美しい花々はいま、テオの手のなかにある。

あまりのことにぼうとしていると、カイルに髪をかきまぜられた。

「おい、聞いているのか。俺は一生に一度しか言わぬことを告げたのだぞ」

「き、聞いてるよ、聞いてる」

いつもの調子で返したあと、はっとして居住まいを正す。

「聞いてます、ちゃんと」

「うむ。ならばよい」

カイルはテオの髪を整えると、草の上に体を投げだし、仰向《あおむ》けになった。もしかしてカイルも緊張していたのだろうか。逞しい胸が大きく一度、上下するのが見えた。

カイルとは体の深い部分を触れ合わせた。忘れることなど到底できない、まぐわいごっこ。

それなのに、あの夜よりもどきどきするのはなぜなのか。

平たい胸の真ん中に収まる、丸くてころんとしたテオの心はいま、花の色に彩《いろど》られている。

＊＊＊＊

「エストラルドという国の端に、移民ばかりが暮らす集落があるようだ。集落の者たちは、田畑を耕《たがや》して生計を立てていると聞いている。娯楽も何もない山間《やまあい》の地だが、お前にとっては暮らしやすいのではないか？」

美しい森──《神の箱庭》をあとにするときにカイルに言われ、テオはおどろいた。

てっきり寝るか遊ぶかしかしていないと思っていたカイルだが、この大陸で住みよい地はどこなのか、本当に探していたらしい。つい先日まで滞在していた珪《けい》の国の宿場町でその集落出身の若者と出会い、いろいろと話を聞かせてもらったのだという。

「ごめん。カイルのこと誤解してた……。ありがとう、ぼくのために探してくれて」

「礼を言うのは早いぞ。エストラルドの冬は厳しいそうだ。冬さえやり過ごすことができればよいのだが、その冬に耐えられず、集落を出る者も多いらしい」

どうする、行ってみるか？　と問われ、テオは力強くうなずいた。

「行く！　──行きたい」

「よし。ならば、エストラルドへ向かおう。季節はまだ夏、冬支度には十分間に合う」

長旅になるとのことで、カイルが丸一日山で狩りをして、獲《と》ったものを町で売り、路銭《ろせん》に換えた。

旅を続ければ続けるほど、眸《ひとみ》に映る風景は変わっていく。緑の多い地に出くわすこともあれば、乾いた砂礫《されき》の地に出くわすこともある。テオが知っている以上に、この大陸にはさまざまな国がひしめき合っているのだろう。公用語も地域によって異なると聞き、カイルに習って言葉の勉強もした。

「楽しみだな、エストラルド。住みよいところだといいな」

「もし住みづらければ、また新しい地を探してやる。いつか安住の地に辿り着けるさ」

――小国や大国、豪族の治める地を渡り、やっとエストラルドの国境に辿り着いた。そこからさらに一日かけて、移民ばかりが暮らすという集落を目指す。

「着いたぞ。ここだ、ここにちがいない」

汗を拭《ぬぐ》いながら、カイルが辺りを見まわした。

切り立った山の一角だ。頂上付近はほとんど岩ばかりだったが、山腹から麓《ふもと》へ続く斜面には段々畑が連なり、ところどころに石造りの家屋《かおく》が建っている。結構な傾斜《けいしゃ》のある山で、道も細い。なるほど、ここに家を構えようとはまず思わない場所だ。だからこそ故郷をなくした者たちが身を寄せ合い、暮らしているのかもしれない。

「どうだ、テオ。暮らせそうか？」

「うーん、分からないけど、嫌な感じはしないよ。ここで暮らせるなら、暮らしたいな」

テオの容姿は目立つので、農村は農村でも、ひっそりとしているところがいい。ここならおそらく、ちょっと畑仕事をする程度なら、頬かむりも眼帯もいらないだろう。燿《よう》の国でも山間の集落で暮らしていたので、山道には慣れている。テオが笑顔でうなずくと、さっそくカイルは集落を束《たば》ねる長老の家を捜し始めた。

珪の宿場町でカイルが出会ったという若者は、どうも長老の孫だったらしい。厳しい山での暮らしが嫌になり、家出同然に集落を飛びだしたのだとか。カイルが孫の無事と近況を伝えると、長老は涙を流して喜んだ。

その長老に案内されたのは、集落の外れに残る古い家屋だった。

「旅の人たちよ。孫から聞いてこの地を目指してきたというのなら、この家を使うか？ 持ち主が亡くなり、ずいぶん長いこと空き家になっているのだが、住めないことはないだろう」

「ありがとうございます」

長老が杖《つえ》を片手にもと来た道を帰っていくと、さっそく木の上から鴉《からす》が降り立った。いまにも崩れそうな石造りの家屋を見て、『おいおい』と騒ぎ立てる。

『クソぼろい家だな。本当に住めるのか？』

「住めるよ、住める。ねえ、カイル」

「まあ、木の洞《ほら》よりはましだろうな」

新天地で暮らすなら、まずは小屋を作るところから始めないとと思っていたので、家を貸してもらえるのはありがたい。三段ある畑も使っていいようだ。主《あるじ》をなくした畑はみっしりと草で覆《おお》われていたが、荒れ地を開墾《かいこん》して畑にするのと、もとは畑だった場所を再度整えるのとでは、かかる日数も手間もまるでちがう。

「よかった、いいところに辿り着けて」

となりに立つカイルを見上げ、「ね？」と笑いかける。

連なる段々畑の緑もきれいだし、どこからか聞こえる山羊《やぎ》や鶏《にわとり》の鳴き声ものどかでいい。燿の国よりもいくぶん涼しい風が、笑うテオの頬をくすぐった。

まず、カイルが始めたのは家屋の修繕《しゅうぜん》だ。崩れそうなところを石で補強して、大雪が降ってもつぶれることがないよう、頑丈《がんじょう》にしていく。人の姿でいることに疲れたら獅子《しし》になり、狩りをする。『この辺りの山にはあまり獲物がおらん』とぼやいていたが、それでも小鹿《こじか》やうさぎを狩ってきては、テオをおどろかせた。

テオのほうはもっぱら畑仕事だ。生い茂る草をすべて抜きとったあと、ふっくらと耕し、作物の育てられる土にする。段々畑というのは手入れに手間がかかるだけで、陽あたりの面ではとても都合がいい。さっそく蒔《ま》いた蔬菜《そさい》の種が順調に芽吹いているのを確かめ、ふふっと頬をほころばせる。

井戸は集落にひとつきり。それも麓近くまで下りなければならない。麓からさらに一刻以上歩いて、初めて町に辿り着く。不便といえば不便かもしれないが、エストラルドに着いて一月《ひとつき》が過ぎる頃には、環境にも人にも慣れてきた。

長老を始め、集落に暮らす人たちは皆いい人で、息子か孫かという年齢のテオとカイルのことを気にかけてくれる。そのわりには誰も二人の素性を探ろうとしない。彼らもまた、人に言いたくない何かを抱えているのだろう。この集落に辿り着いたその日から、新しい人生が始まるような感じだ。

特にカイルは体躯《たいく》に恵まれているせいか、年長者に重宝《ちょうほう》されていて、「あんたに頼みたいことがあるんだが」と、家を訪ねてくる村人もいるほどだ。たいてい、家を修繕してほしいとか、薪《まき》を割ってほしいとか、そういう類《たぐ》いの頼みだ。カイルは「任せておけ」と二つ返事で出向き、お礼にと言って渡されたらしい穀物《こくもつ》や豆類を持って帰ってくる。「すごいね、カイル。ごちそうが作れるよ！」と、テオは何度笑みを広げたことか。

（ほんと、すごいよなぁ）

この集落に来てからカイルは働き者になった。鴉といっしょになって町へ繰りだすこともなければ、金持ちから銭貨《せんか》をくすねることもない。今日も腰を痛めた年寄りのかわりに、井戸に水を汲《く》みに行っている。

日々の暮らしに慣れたせいだろうか。村人の頼みを快《こころよ》く聞くカイルを見るたび、うっとりしてしまう。ぐうたらだった頃のカイルは見る影もなく――ぐうたらなのは獅子の体を持つ以上、仕方のない部分もあったのだが――、いまや強くて逞《たくま》しくて頼りがいのある男性という印象だ。

そんな男性に、テオは求婚されている。

――俺はお前と生きていきたい。廻《めぐ》る季節をずっと、お前とともに。

――俺はお前の唯一になれるまで、いつまでも待つ。

《神の箱庭》で告げられた言葉を忘れたことは一日もない。あの日のカイルの実直さは常にテオの心にある。だが、本当にぼくでいいのかなとか、本物の天の子が見つかったらカイルはどうするんだろうとか、そういうことも毎日のように考える。

どうにも頭から離れないのは、父のことだ。

（もし父さんみたいに心変わりされちゃったら……悲しいな、すごく）

昔の父が母に恋をしていたことはまちがいない。けれど母が亡くなり、父の心は別の女性に傾いた。もちろん、仕方のないことだと承知している。母はこの世のどこにもいないのだから。

それでもやはり、移ろう人の心というものを見せつけられて、衝撃を受けたのは事実だ。

長いため息をこぼしたとき、「テオ！」と呼ぶ声がした。

カイルだ。段々畑へ続く山道を、手を振りながら登ってくる。

「見ろ、鶏の卵だ。水を汲んだ礼にもらった。今朝産んだものらしいぞ」

屈託《くったく》のない笑顔を向けられ、思わず息を呑む。

いつもだ。どれほどひとりで思い悩んでいるときでも、カイルの笑顔を見るとすべて吹き飛び、つられて笑ってしまう。

「わあ、二つも⁉　うれしいな。夕餉《ゆうげ》に使おっか」

「ああ、雑炊《ぞうすい》がいいな。芋《いも》の入っているやつに卵を落としてくれ」

「えっ、飽きないの？　昨夜《ゆうべ》もその前も芋雑炊だったのに」

「飽きるものか。テオの作る夕餉は最高だ」

さらりと言ってのける、カイルのこういうところも大好きだ。王子時代はきっと王宮でテオなど想像もつかないごちそうを食べていただろうに、カイルはテオの作る芋入りの雑炊を好んで食べる。

うれしい。楽しい。そして、幸せだ。

カイルと過ごすようになり、毎日のようにそういう感情を味わっている。

「さて、悪いが少し横にならせてもらうぞ。人の姿でいるのはどうにもしんどい」

カイルはゼェと息をついたかと思うと、獅子の姿に身を変える。

「ねえ、ぼくもいっしょに休憩してもいい？」

『もちろんだ、テオ』

家の裏手は山だ。茂みを分け入ってしばらく山道を登ると、獅子のカイルが体を休めるのにちょうどいい緑陰《りょくいん》がある。誰かが来たとしても草を踏む音で分かるので、いつしかここでカイルと寛《くつろ》ぐことが日課になった。

やれやれとカイルが草の上に寝そべり、テオはカイルの横腹に背中を預ける。

この時間がたまらなく愛《いと》おしい。風に流される雲を眺めたり、群《む》れをなして飛ぶ鳥を数えたり、ときには日向《ひなた》の匂いのするたてがみを撫でて、思いきり顔を埋《うず》めたり、揺れる尻尾《しっぽ》の先をむぎゅっと握って遊んだりする。

『よせ、くすぐったいわ』と嫌がられたりもするが、たいていカイルはされるがままだ。たまに呆れたように鼻息を吐き、テオの頬や首筋に鼻先を擦《こす》りつけてくる。それをされると今度はテオのほうがくすぐったくて、身を捩《よじ》って笑う。

今日は雄々《おお》しいたてがみを三つ編みにして遊んでいると、ふいにカイルが言った。

『お前は楽しそうだな。いつも』

「うん、楽しいよ。どうして?」

『いや――実を言うとな、俺はしくじったと思ったのだ。旅路の果てにこの集落に辿り着いたとき』

しくじるとは、すなわち失敗したということだ。なぜそんなふうに思ったのだろう。テオがぱちぱちとまばたくと、カイルが苦笑する。

『そりゃそうだろう。移民が築いた集落だと聞き、二人で暮らすには打ってつけの地だと思い込んでいたが、着いてみれば、岩肌の目立つ山に急斜面、なおかつ家屋はどれも古いものばかり。ここで暮らす者たちがいかに貧しく苦しい生活を強《し》いられているか、手にとるように分かる有様だったではないか。とんでもないところに連れてきてしまったと、正直青ざめたわ。にもかかわらず、お前はよいところに辿り着けたと喜び、いまもこうして笑っている』

「えっ、だってそれは――」

カイルといっしょに暮らしてるからだよ。

ぽろりと洩《も》れそうになった本音を咄嗟《とっさ》に呑み込む。こういう言葉は、求婚の返事をちゃんとしてから伝えたほうがいい。

「それは、家も畑も長老さまに貸してもらえたからだよ。カイルが狩りのできる山もあるし。ぼく、貧しい暮らしは全然苦じゃないんだ。ここは空気も澄んでるし、のどかだし、自然もいっぱいだし」

と、二番目、三番目のよいところを語る。

カイルが『そうか』と笑い、テオの首筋に鼻先を擦りつけてきた。

『お前は厳しい生活のなかでも、小さな幸せを拾い集めるのだな。ますます愛おしいわ』

「カ、カイルこそ、すごく働き者になったじゃないか。ぼく、見ちがえたよ」

愛おしいと言われたお返しにではないが、この集落に着いてからずっと思っていたことを言葉にすると、カイルが笑う。

『テオ。お前は怠《なま》け者と働き者、どちらが好みだ』

「え？　そんなの、働き者に決まってる」

『だろう？　慣れない地で奮闘《ふんとう》するお前を尻目にぐうたら過ごそうと思うほど、俺の性根《しょうね》は腐っておらん。幸い俺はお前より力があるし、狩りもできる。二人で暮らすようになってから、お前を支えるのも喜びのひとつだと知ったのだ』

カイルは『さて――』と呟くと、体を起こす。

『そろそろ夕暮れだ。狩りに行ってくる。夕餉の支度は任せたぞ』

「え、あ、うん。行ってらっしゃい。気をつけて」

ぽうとしていたせいで、すぐに言葉が出てこなかった。山の奥へ向かうカイルを見送ったあと、とくとくと律動を刻《きざ》む自分の胸の音を聞きながら、家へ戻る。

お前を支えるのも喜びのひとつ——あの言葉が胸に沁《し》み、火を起こしている間もテオの鼓動はうるさく鳴り続ける。出会ったばかりの頃だったなら、この人はいったい何を言っているんだと呆れていただろう。けれどいまは、カイルの言葉ひとつひとつがテオの心を躍《おど》らせる。

(これってもしかして……ぼくはすっかりカイルに恋してるってこと?)

恋——。

珪の宿場町で見た、甘くておいしそうな菓子を思いだす。

見るだけで頬が蕩《とろ》けそうだったあの菓子を、自分はいつの間にか口にしていたのだろうか。カイルとともにいる限り、この心地は続くような気がする。求婚の返事を待たせているいまでさえ、幸せなのだから。

——いっしょにいたいな。カイルとずっと。

はっきり言葉にして思うと、胸に熱いものがこみ上げた。

不安はある。だからといってカイルと過ごす日々を終わりにするのはとても考えられない。

そもそもカイルは、テオがいい、天の子でなくても構わないと言ってくれたではないか。

心変わりも何も、カイルはテオをさらったときからずっと側《そば》にいる。妓楼《ぎろう》で会った美しい女たちに興味があるようにも見えなかった。にもかかわらず、見えもしない未来を見ようと目を凝《こ》らし、不安の種を探していたのはテオだ。

カイルを信じられなかったわけではないし、信じるのが怖かったわけでもない。単に自分に自信がなかっただけだ。

(そっか、そういうことか)

あれこれとひとりで思い悩んでいたことに決着がつき、目の前がぱっと明るくなった。

開けたくても叶わなかった、宝箱の鍵をようやく見つけた気分だ。鍵穴に鍵を差し込めば、現れる答えはひとつだけ。ぼくもカイルといっしょに生きていきたい――。

(うわあ、カイルに早く返事をしなくっちゃ！　ぼくも好きだよ、ずっといっしょにいたいって、ちゃんと自分の口で)

のぼせたような心地で芋を洗っていると、鴉が飛んできた。鴉にしてはめずらしく取り乱したはばたき方で、漆黒《しっこく》の羽がいくつも辺りに舞う。

「どうしたの、血相《けっそう》変えて。カイルなら狩りに出かけたよ」

『テオ、大変だ！　見慣れないやつらがこの家に来ようとしている！』

「え？」

慌てて段々畑へ向かい、集落を見おろす。

立派な馬に跨《また》がる二人の男の姿が視界に入った。彼らの傍《かたわ》らには長老がいて、山の中腹――テオとカイルの暮らす家のほうに人差し指を向けている。

まさか珪の国の役人が、宿場町で騒ぎを起こしたカイルを捕えに来たのだろうか。

二人は長老に辞儀《じぎ》をすると、険《けわ》しい山道をものともせずに登ってくる。相当馬の扱いに慣れた者たちだ。ガッガッと小石を蹴《け》る、馬蹄《ばてい》の音が響く。

「鴉。すぐにカイルに知らせてきて。山のどこかにいると思うから」

『分かった！』

テオは素早く眼帯を結ぶと、山道に躍りでて、男たちの行く手を塞《ふさ》ぐように両腕を広げた。

「何なんですか、あなたたち。この先にはぼくが借りてる家しかありません」

男たちはキッとした眸で見上げるテオに戸惑った様子を見せると、馬から降りる。

「突然の訪問、ご容赦《ようしゃ》を」

男のうちのひとり、鳶色《とびいろ》の髪をしたほうが意外にも丁寧な口調で言った。

「私はシャタール王国現国王サウダルさまの側近《そっきん》、シューイと申します」

「同じくサウダルさまの側近、ラルフ」

二人は揃ってテオに頭を下げる。

「こちらに赤髪の男性がおられるはずだ。歳は二十五、見目は大変麗《うるわ》しく、名はカイル。私たちはカイルさまを捜してこの地にやってきたのです」

えっ、と声を上げたきり、固まってしまったテオの背後で、がさりと茂みが揺れる。

はっとして振り向く。獅子姿のカイルだ。二人が「おおー！」と声を上げる。

「カイルさま！　よかった、ご無事で！」

二人は口々に叫ぶと、我先にとカイルのもとへ駆けていく。

獰猛《どうもう》そうな赤獅子に恐れ慄《おのの》くどころか、その前足に縋《すが》りつき、涙まで流して再会を喜ぶ二人を、テオは鴉とともに呆然と眺めていた。


シューイとラウルと名乗った二人は、サウダル王の側近である前に、幼少時代のカイルの教育係でもあったらしい。もちろん、カイルが呪術師の婆《ばば》に呪いをかけられ、父王から勘当《かんどう》された経緯《けいい》も知っている。

なんとか再会を果たしたいと二人で旅をしていたところ、燿の国に出没した赤獅子の話や、珪の国の宿場町での騒動を耳にして、カイル王子にまちがいないと確信したようだ。その後、珪で出会った若者――おそらく長老の孫だ――から、赤髪の男ならエストラルドに向かったかもしれないと聞き、この集落に辿り着いたのだという。

「わざわざこの俺を捜したのか。いまさら何の用だ。俺がシャタールを追いだされて七年も経《た》っているのだぞ」

居間に二人を案内したあとも不機嫌だったカイルだが、「実は……」とシューイが硬い声で切りだすと、表情を変えた。

「――いつからだ。いつから父は床《とこ》に臥《ふ》せている」

「春からでございます。国王として采配《さいはい》を振るわれることはいまや難しく、一日の大半を寝所《しんじょ》でお過ごしです。かわりに王太子さまが中心となって国を治めておいでなのですが、周辺の国々にはサウダル王は崩御《ほうぎょ》間近にちがいないなどと言われており、いつ攻め込まれてもおかしくない状況でして」

「なんだと!?」

シューイの話におどろき、茶の支度をしていたテオの肩も大きく跳ねあがる。

シャタールは風光明媚《ふうこうめいび》かつ、宝珠の出る鉱山をいくつも所有している国だ。豊かなその資源を狙い、昔から周辺の国々から戦を仕掛けられることが多かったらしい。

だからこそ、美しい宝珠を周辺の国々へ供給し、かわりに休戦協定を結んでいるそうなのだが、供給分では足りない、奪えるものなら根こそぎ奪いたいと考える国もあったのだろう。その証拠にこの夏、シャタールの隣国にあたるヘイシャムは、休戦協定を一方的に解消し、自国に隣接するシャタールの砦《とりで》を攻撃したのだという。

「幸い、我が軍も目を光らせておりましたので、砦を壊されるまでには至りませんでした。しかし事は一刻を争います。カイルさま、どうかいますぐ王国にお戻りください。サウダルさまが病床に臥せておられるいま、王太子さまを始め、五人おられる兄上さまたちと力を合わせて、シャタールをお守りしていただきたいのです！」

　カイルはすぐに答えようとしなかった。

　腕を組み、しばらく思考を巡らせてから口を開く。

「俺は父の手でシャタールを追放されたのだぞ。呪いもいまだに解けておらん。にもかかわらず、父は俺が帰ることを望んでいるのか？」

「そ、それは……」

　口ごもるシューイのかわりに、膝を乗りだしたのはラウルだった。

「サウダルさまは何も仰《おっしゃ》いません。しかし、心のなかではお望みだと思います」

「なぜ分かる」

「私に仰ったのです。王宮のテラスで風に当たられているときでした。流れる雲を眺めながら、カイルはどうしているだろう、生きているうちに一目会いたいものだ、と。お目には涙を浮かべてらっしゃいました」

　カイルは「そうか」と応《こた》えると、太い息をつく。けれど、なかなか次の言葉を発しようとしない。表情には苦渋の色が浮かんでいた。

「しばし、時間がほしい。三日ほど待ってくれ」

「三日、ですか」

「父の具合が悪いだけならともかく、戦が始まるとなれば、エストラルドへは容易《たやす》く戻ってこれんだろう。これから冬が来る。この地の冬はお前たちが想像する以上に過酷なのだ。冬支度を済ませてからでなければ、ここを発《た》つことはできん」

その言葉におどろき、「えっ!」とテオは声を上げた。

「カイル、ぼくのことなら大丈夫だよ。いまはお父さんとお国のことだけ考え——」

「お前は黙っておれ」

強い口調で封じられ、びくっと肩が跳ねあがる。いままでに一度も見たことがないほど、カイルは厳しい表情だ。

「テオ。冬支度はお前のためだけではない。集落で暮らす皆のためでもある。たった一月二月《ふたつき》程度だが、世話になった礼は尽くさねばならんだろう」

はっとして眸を揺らす。年長者からよく頼みごとをされていたカイルは、テオよりも集落の皆と関わっているのだ。

シューイとラウルにも何か伝わるものがあったのだろう。二人が静かに頭を下げる。

「承知しました。ではカイルさま、四日後の早朝に出立《しゅったつ》いたしましょう。それまで我らも冬支度を手伝います」

カイルの思いを汲み、翌日からシューイとラウルを交え、本格的に冬支度を始めた。

とはいえ、薪《まき》ひとつとっても、どれほどの量が必要なのか分からない。集落の皆も使えるようにと井戸の側に小屋を作り、とにかくそこへ薪を積みあげていく。テオは畑でとれた蔬菜や山で収穫した木の実を干して、保存食にする作業を始めた。これは三日で仕上がるものではないので、カイルがエストラルドを発ってからも日々続けていくことになる。

二日目の今日、カイルは少しでも銭貨を稼《かせ》ぐため、町に働きに出ている。町外れの港で荷下ろしの仕事を見つけたのだという。夜が更《ふ》けても帰ってこないということは、町で宿をとっているシューイたちと何か話し合っているのかもしれない。

たった三日のことならば、テオも気合いを入れてがんばることができただろう。

けれどこれは、カイルが旅立つための支度でもあるのだ。明後日《あさって》の早朝にカイルはここを発ち、テオはひとり残される。離れ離れになるときが刻一刻と近づいているのだと思うと、何をやっていても泣きそうになる。

こんなことになるのなら、カイルといっしょに生きていきたいと、ちゃんと伝えておけばよかった。ぼくでいいのかなとか、本物の天の子が現れたらどうするんだろうとか、テオがあれこれ悩んでいるうちに、運命の荒波に足を掬《すく》われてしまった。

二人で過ごした日々がどれほど目映《まばゆ》い光を放っていたか、いまさら気づいても遅すぎる。

《神の箱庭》でカイルに想いを告げられたとき、テオはおどろきはしたけども、嫌だなとは微《み》塵《じん》も感じなかったのだ。あの日の高揚した気持ちや、忙《せわ》しなく鳴り響く胸の音――髪も手も、そして心さえ、美しい花で飾られるような感覚こそ、テオの答えだっただろうに。

（今夜はもう帰ってこないのかな……）

別れの日が近づいているのだから、少しでも長くカイルといっしょにいたい。明かりとりの窓から月を見ていたとき、表戸がガタッと開く音がした。はっとして寝所を飛びだし、戸口へ向かう。

カイルだ。テオに気づくと、おどろいた様子で目を瞠《みは》る。

「なんだ、起きていたのか。先に休めばよいぞ」

「ううん、カイルを待っていたかったんだ」

よかった、帰ってきてくれた。ほっとして微笑《ほほえ》むと、カイルも表情をほころばせ、小さな革袋をテオに差しだす。

「荷下ろしした分の給金だ。たいした額ではないが、受けとってくれ」

「ありがとう。大事に使うね。お疲れさま」

カイルはそのまま寝所へ向かうと、寝台に体を投げだした。

少し疲れているのだろうか。カイルにしてはめずらしく寡黙《かもく》で、何もない宙をじっと見据《みす》えている。なんだか心配になり、横からその顔を覗き込む。

「明日も荷下ろしの仕事に行くの？」

尋ねた途端、カイルの表情が強張《こわば》った。

「いや、もう行かん」

「なんだ、よかった。冬の間、ぼくはひとりでもがんばれるから、あまり心配しないでね」

きっと頭で思う以上に仕事が大変だったのだろう。「ゆっくり休んでね」と声をかけながら毛布を広げる。

ふいにカイルが体を起こした。

「どうしたの？」

ずいぶん長い間、金茶色の眸はテオに向けられていた。「カイル？」と戸惑いがちに名前を呼ぶと、ようやくカイルが口を開く。

「シューイたちと話し合って決めた。明日の早朝、エストラルドを発つ」

「えっ、明日!?　待ってよ、旅立つのは明後日のはずじゃ――」

びっくりして目を丸くするテオに、カイルが硬い声で言った。

「戦が始まるのだ。つい先日、ヘイシャム軍がシャタールの砦に二度目の攻撃を仕掛けたらしい。もはや一刻の猶予《ゆうよ》もない。俺は国に戻り、ヘイシャム軍と戦う」

思ってもいなかったことを告げられ、すぐに言葉が出てこなかった。瞠った目でカイルを見つめ、喘《あえ》ぐように喉《のど》の奥から声を絞《しぼ》りだす。

「戦うって……カイルも戦場に立つの？　王子さまなのに？」

「ああ、戦う。俺は六番目の王子だ。王位を継ぐことはまずない。俺に課せられた使命は、シャタールとシャタールで生きる民、そして王と王太子を守ることだ」

「そ、そんな……」

テオは戦を知らない。だが、想像することはできる。

砲弾《ほうだん》や弓矢が飛び交い、人も馬もたくさん死ぬのだろう。大地は焼け野原に変わる。エストラルドに向かう途中に出合った砂礫の地は、戦のあとだ。あの地にはこの先何年も作物が育たない。

「お前のおかげだ、テオ。地道にこつこつと生きるお前の姿が、俺をまっとうな男に生まれ変わらせた――」

そんなふうに言われてもひとつもうれしくない。膝から力が抜け、へなへなとその場にへたり込む。「おい、泣くな」と言われて、初めて自分の頬が濡れていることに気がついた。途端にくしゃりと顔を歪《ゆが》めたテオを、カイルが寝台へ引きあげる。

「お前にこれを渡しておく。お守りがわりだ。金に困ったら売ればよい。二、三年は暮らしていけるはずだ」

言いながら、カイルが首飾りを外す。カイルが生まれたときに父王が作らせたという、青い宝珠の揺れる首飾りだ。それをテオの首にかける。

「だっ……だめだよ。だってこの首飾り、カイルの大事なものじゃないか」

「お前以上に大事なものなどあるものか。この首飾りは、父を怒らせ、国から追放された俺をこの歳まで守ってくれた。きっとお前のことも守ってくれるだろう」

カイルが宝珠に唇を押し当てる。祈りを込めた、長い口づけだった。

「テオ。俺を信じて待て。俺は必ずお前のもとへ戻る。俺はお前をこの地に置き去りにしようと思って連れてきたわけではない。ともに生きるつもりで連れてきたのだ」

苦渋を刻む眉間《みけん》を目の当《ま》たりにして、胸が苦しくなった。

カイルも同じなのだ。カイルもテオと同じように、いつまでも続くと思われた日常が突如《とつじょ》断たれることに、言いようのない悔しさを感じている。

そっか、分かった。じゃあぼく、待ってるね。――そう笑って送りだすのがいちばんだと分かっていても、涙が止まらなかった。笑うことなんてとてもできない。ぜったい放すものかとばかりに二本の腕をカイルの体に巻きつけ、「ううっ」としゃくり上げる。

「こら」

たっぷり背中を撫でさすられたあと、やさしい声で言われた。

「俺は必ず戻ると言っているだろうが。夜更けにあまりくっつくな。俺は高潔《こうけつ》な男ではないゆえ、容赦なくお前を食うぞ」

きっとカイルは、こう言えばテオがぱっと離れるとでも思ったのだろう。

こういうときの『食う』は、食糧として食らうことでないことはもう知っている。なおさら強くカイルにしがみつき、「いいよ」と応える。

「全部食べて。ぼくはカイルにあげたい。もらってほしいんだ」

涙に濡れた顔を上げる。カイルが目を瞠り、わずかに体を強張らせた。

「ぼくはカイルが好き。……大好き」

ずっといっしょにいたいとか、本物の夫婦みたいになりたいよとか、言いたいことはたくさんあった。二人で旅するなかで、ゆっくりと育ち膨《ふく》らんだ想いだ。

けれど未来を描き求めることが、戦場に立つカイルの足枷《あしかせ》になっては困る。言葉にできず殺した想いは涙となり、テオの頬を伝う。

「ぼく、恋とかしたことなかったから、すぐに分からなくて……。本当はもうちょっと早くに言おうと思ってたんだ。カイルのこと全部好きだよ、ぼくも同じ気持ちだよって」

だがシューイたちが来て、シャタールの大変な状況を知り、伝える機会を逃してしまった。

続く言葉はもう言えず、小さく肩を震わせる。たまらずうつむきかけたとき、頬に手を触れられた。

テオを上向かせたカイルは、おどろいているようにも見えるし、困惑しているようにも見える。当然だろう、明日ここを発つ人に打ち明けるようなことではない。せめてエストラルドに着いたときにテオが自分の気持ちに気づいていれば、それをカイルに伝えることをしていれば、この小さな家で過ごす日々はもっと甘く幸せなものになっていたはずだ。

また涙がこみ上げてくるのを感じていると、目許《めもと》に唇を寄せられた。頬に伝う前の珠がカイルに吸いとられる。

「おどろいたな。お前は初心《うぶ》ゆえ、二年はかかるかと思っておった」

「そんなに待つつもりだったの？」

「言っただろう、いつまでも待つと」

カイルの表情から、先ほどまであったおどろきと困惑が消えている。

かわりにあるものはと目を凝《こ》らしていると、抱きしめられた。巻きついて離れない腕や、テオのうなじをくすぐる笑みまじりの吐息が、カイルの喜びを伝えている。

そう、喜びだ。ぴったりと体をくっつけているせいで、カイルの心が手にとるように分かる。

（ああ、――）

まさかこれほど時宜《じぎ》の悪い告白を、丸ごと受け止めてもらえるとは思っていなかった。

胸の音が途端に色めき立つのを感じながら、顎《あご》を持ちあげる。目許も頬もうれしそうにほころばせたカイルが目の前にいた。

「かわいいやつめ。俺に惚れたか」

「うん、惚れた」

「なかなか見る目があるな。ちなみに俺はとっくにお前に惚れておる」

知ってる、と笑って返すつもりで開いた唇に、カイルが覆い被《かぶ》さってくる。

「ん、ぅ……ふ」

舌と舌とを擦り合わせると、どうしてこうも恍惚《こうこつ》とした心地になるのだろう。別離の悲しさを束《つか》の間忘れさせてくれる口づけだ。心はすでにカイルに寄り添っているので、歯列《しれつ》や口蓋《こうがい》を辿られても、妓楼で過ごした夜のように慌てふためくことはない。むしろ、カイルを直《じか》に感じられるいまが愛おしい。

「抱くぞ。お前の心を知った以上はもう待てぬ」

「うん――」

寝台に押し倒されて、衣服に手をかけられる。ランプの明かりが揺らめいた。

口づけだけならともかく、裸にされるのはやはりはずかしいし、少し怖い。敷布に素肌が触れると途端に緊張し、胸の真ん中にある宝珠を握る。

きっと相当強張った顔をしていたのだろう。カイルが苦笑した。

「怖いか」

「……そんなこと、ない」

全部食べてと言ったのはテオのほうだ。いまさら待ってほしいだなんてとても言えず、頑《かたく》なに首を横に振る。だが強がりは容易く暴《あば》かれた。やはり八つも年上だからだろうか。カイルがくしゃっとテオの前髪をかきまぜる。

「お前が恐れるようなことなどするものか。まだ夜明けは遠い。俺は旅立つ前に、お前のかわいらしいところを余すことなく唇で伝えたい」

「唇で、伝える？」

うなずいたカイルがテオの手をとる。

やさしく指先に口づけられた。爪の周りや指の腹、カイルは五本すべての指に唇を押し当て、慈《いつく》しむ。

「分かるか？　俺はいま、この手が愛おしいと伝えた」

「あ、うん」

「体を繋《つな》げ、互いに快楽を貪《むさぼ》るだけが睦《むつ》みごとではないぞ。お前は目を瞑《つむ》り、俺がかわいらしいと伝える場所がいくつあるか、数えておれ。おそらく十や二十ではないはずだ」

「えっ、そんなにたくさんあるの？　ぼく、男子なのに？」

「あるとも。俺はお前が愛おしくてたまらん。泣きながら想いを告げられればなおさらだ」

熱を帯びた目で見つめられ、ごくっと小さく唾《つば》を飲む。

教えてもらえるのなら、いくらでも知りたい。明日には離れ離れになってしまうのだ。

ついさっきまで体を強張らせていたのも忘れ、言われるままにまぶたを下ろして唇が来るのを待つ。カイルが「お前は本当にかわいらしいな」と笑うのが聞こえた。

覆い被さる気配がして、鎖骨《さこつ》の尖りに唇が触れる。

へえ、ここが……と思っているうちにカイルの唇が下り、胸を飾る花芽《はなめ》を舐《な》められる。男の体にどう必要なのか分からない乳首だが、カイルにとっては愛おしいと思える箇所《かしょ》なのだろう。

二つの粒を丹念《たんねん》に舌で転がされ、下肢《かし》の狭間《はざま》の肉が熱くなる。

胸から脇腹、そして臍《へそ》。ふいにカイルがテオの踵《かかと》を持ちあげた。

（……足？）

思わず薄目を開ける。カイルはとっておきの果実でも見つけたときのような表情で、テオの丸っこい親指を口に含んでいる。熱く濡れた舌で付け根のぐるりを辿られ、びくっと大きく脚がわななないた。

「うん？　嫌か」

「い、嫌、じゃない」

「ならばこちらも」

と、カイルはとなりの指にも口づけていく。

「あっ……」

人に見られてはずかしい場所ではない。だからといって、わざわざ人に見せる場所でもない。頬が染まり、たまらず指を丸める。

「楽にしておけ。まだ俺は想いを伝え切れておらん」

丸めた足を舌先でくすぐられ、「う……」と震える息をつく。

ほどけた足の指の股《また》に再び舌が這う。カイルはもう片方のテオの足も同じように愛すると、今度はふくらはぎに口づけてきた。やわらかな肉を食《は》みつつ時折強く吸いつかれ、「っは」と鼻から息が抜ける。

——俺は閨《ねや》では尽くす男だ。

いつかのカイルは自分のことをそんなふうに言っていなかったか。

旅立ちを明日に控え、もっと性急に奪われてもいいはずなのに、カイルは少々黒ずんでいるテオの膝にも心を込めて口づけを落とす。誰の目にもとまらぬはずの小さな骨のでっぱりや、テオすら知らなかったほくろ。それすらも、かわいらしいと。

「ぁ、は……ぁ、あ……」

口づけがひとつ増えるたび、幸福感で胸がいっぱいになる。体の芯も熱くなり、細切れに喘ぎが迸《ほとばし》る。こんなときでもカイルはテオを大事にしてくれる。唇から伝わる想いはとても真摯《しんし》だ。ゆっくりと時間をかけて高められ、じょじょに広がる快感がテオの視界を潤《うる》ませる。

「っあ……！」

ついにカイルの唇が汗ばんだ鼠径《そけい》に辿り着いた。鼠径のすぐ側には、切なく勃《た》ちあがった茎《くき》がある。触れてほしいような、はずかしいような、けれどやっぱり触れてほしい。

テオの葛藤《かっとう》はしっかりカイルに伝わったようだ。「ああ、もちろんここも愛おしいぞ」と雄《ゆう》茎《けい》に唇を寄せられる。

「ぁふっ……う」

切なく眉根を寄せ、滲《にじ》んだ露《つゆ》を舐めとる舌を味わう。

初めてカイルの手で扱《しご》かれたときも快楽の虜《とりこ》になってしまったが、唇で辿られるのもいい。

幹《みき》に絡《から》んだ露をもっと拭《ぬぐ》ってほしくて、知らず知らずのうちに腰を浮かせてしまう。それなの
に新しい露がこぷんと溢れたとき、カイルの唇が離れていってしまった。

思わず目で追ったとき、左右の膝裏を押しあげられ、後孔《こうこう》をさらされた。

「や、ぁ、は……っ——ああ、っん」

抗《あらが》うつもりで放った声が途中でかすれ、甘い韻《いん》を響かせる。

後孔に濡れた舌を感じたからだ。固く結ばれた蕾《つぼみ》をカイルが舐める。

胸の花芽にほどこした愛撫よりも執拗《しつよう》なほどで、ともすれば舌の先を捻《ね》じ込んでこようとす
る。あまりの羞恥《しゅうち》に両腕を顔の上で交差させたものの、雄根《ゆうこん》の疼《うず》きは高まる一方だ。汗とは思
えないものが下腹に散る。

「さて、テオ。俺がかわいらしいと唇で伝えた場所はいくつあった？」

ということは、この蕾が最後のひとつなのだろう。体のいたるところに口づけられたので、
もう分からない。それでもちゃんと答えたくて、顔を覆った腕を下ろす。

「数は分かんない。だけどもしかして……ぼくの全部？」

答えた途端、カイルが見惚《みと》れるような笑顔を見せた。

「そのとおり。俺はお前のすべてが愛おしい」

ああ、やっぱり――。

　じんと頬が火照るのを感じていると、あらためて膝を割られた。

　テオの尻の下に枕を置いたカイルが、再び下肢の奥のひくつく窄まりに舌を伸ばす。襞のひとつひとつを慈しむように舐められ、はずかしさと興奮でまぶたに熱が宿る。

　湿った息をつきながらカイルの舌技を味わっていたとき、ふいに後孔の縁に指をかけられた。

「あっ……！」

　声を上げた拍子に唾液をまとわせた指が侵入してきて、意識が一瞬白くなる。

「な、なんでそんな……っあ、はう」

　舌で濡らされているおかげで痛みはない。けれど体の内側の粘膜を指で探られることに戸惑う。たまらず体を硬くすると、あやすような口づけが太腿の裏側に落とされる。

「力むでない。ここをやわらかくせねばお前を抱けん」

「んっ、う……く」

　テオですら、どうなっているのか知らない場所だ。触れようと思ったこともない。そんな場所に指を穿たれ、肉の環をなぞられる。ときどき鉤の形に曲げられる。身じろぎするのも怖かった。

「テオ。大丈夫だ、ほら――」

　カイルは辛抱強く、ゆっくりとした抜き差しを繰り返す。

次第に頑なだった蕾がほぐれ、カイルを呑み込むための肉の道ができた。何度か足された唾液が濡れた音を響かせる。

「はぁ……あ、ん」

二本目の指を呑まされ、初めて甘えるような声が迸った。

まだ怖いし、苦しい。けれど快感の兆《きざ》しは確かにひそんでいて、テオの腰骨を甘く疼かせる。疼きは次第に強くなり、ぶるっと震えた陰茎《いんけい》が飛沫《しぶき》を散らす。

テオの変化はカイルにも見てとれたのだろう。汗で覆われた股座《またぐら》に唇を這わせながら、三本目の指を差し込んでくる。

「あっん、あ……はぁあ」

竪琴《たてごと》を奏《かな》でるように指を動かされても、もう戸惑いはない。馴染み、蕩けた肉が、カイルの指に絡みつく。時折触れる唇にも高められ、「あっ、あん」と鼻にかかった声で啼《な》く。陰茎はもはやテオの下腹に当たるほど反《そ》り返っていて、引っきりなしに露を撒《ま》き散らしている。

「参ったな。そのようにかわいらしい声で啼かれると、俺も耐えられん。指より太いが、こらえろよ」

指を引き抜いたカイルが服を脱ぐ。

喪失感を覚える暇もなく、後孔に滾《たぎ》ったものをあてがわれた。妓楼で過ごした夜に手で触れた、大人の男の堂々たる証《あかし》を思いだす。

あの、鍛《きた》えられた肉槍《にくやり》のようなものがいま――。

「っん、はぁ……あ！」

指をなくし、閉じるしかなくなった襞に、肉槍の先端を押しつけられる。

丸々としていてとにかく熱い。カイルが腰を打ちつけると、爛《ただ》れたようなそれがぬぷりとテオの後孔に埋まった。

「ひゃ……っ」

伝わる重量が見開いたままの目に閃光《せんこう》を走らせる。

丹念な愛撫の末に作られた肉の道だが、これを呑み込めるほどには広くない。カイルが腰を進めるたび、一回りも二回りも広い道が作られる。ここはこれほど豊かな器官だったのだろうか。めいっぱいに拓《ひら》かされ、息すらできないほどなのに、ぞくぞくした快感めいたものが背筋をのぼっていく。

「あと少しだ。あと少しで、俺のすべてがお前のなかに入る」

体を倒したカイルの弾《はず》む息が耳たぶにかかり、快楽の度合いが高まった。

体と体を繋げる行為に、カイルはどうしようもないほど興奮している。それが分かるのがうれしい。

テオも同じだ。恋しいから肌を重ねたいし、眩《くら》むような心地をともに味わいたい。

けれど絶頂へはまだ距離があり、一足飛びには辿り着けそうにない。眉根を寄せて啼き、身を捩《よじ》らせる。

「ぁあ、や……もう――」

「テオ、入ったぞ。いい子だ」

もしかしてカイルは、テオに苦痛のみを与えていると勘ちがいしていたのだろうか。怒張《どちょう》を根元まで埋めると、よく耐えたなと褒《ほ》めるようにテオの凝《こご》った果芯《かしん》を手筒《てづつ》で扱く。

「はぁっ、あ、あぁ」

しかしテオは極めたくて悶《もだ》えていたのだ。逞しい手の質感と、腹のなかをみっしりと満たす脈打つ漲《みなぎ》り――快感と充足感の両方に蕩けさせられ、甲高《かんだか》い声を上げたのと同時に勢いよく子種の汁を放つ。よほどためていたらしく、吐精は一度で終わらない。喘ぐ蜜口《みつぐち》から、ぴゅっと二度目三度目の雫《しずく》が吐きだされ、カイルの下腹を濡らす。

「もしやお前、感じておったのか?」

信じられぬと言わんばかりの顔で覗き込むのはやめてほしい。はずかしくてはずかしくて、どこに目をやっていいのか分からなくなる。

「だ、だって、カイルがそんなふうに教えたんじゃないか。ぼくは念じて鎮《しず》めることしか知らなかったのに」

気のせいだろうか。テオがしどろもどろになって言い返すと、後孔に埋まったものがいっそう荒々しく張りつめたような気が――。

「言ったであろう。むやみに男を滾らせてはならんと。俺をけだものにしてくれるな」

体を起こしたカイルがテオの腰骨を掴む。

穿った肉杭《にくくい》を際《きわ》まで引き抜いたかと思うと、一息に突き入れられた。

どうもカイルは初心なテオを怖がらせないよう、ずいぶんと手加減していたらしい。慎重に腰を進めていたときとは一転、猛《たけ》った男の形を教え込むように媚肉《びにく》を捏《こ》ねられ、まぶたの裏で光の花が散る。

「や、やめ……ああっ、そんなにしたら、ぼく……っ」

「テオ。俺を夢中にさせたことを誇《ほこ》れ。俺のすべてはお前のものだ」

嚙みつくような口づけのあと、尖りきった花芽を撫でられた。絶頂の気配が波よりも大きなうねりとなって襲いかかってきて、たまらず喉を反らせて喘ぐ。

「はあ、うんっ……ああっ、あ……！」

カイルの熱く湿った息がこめかみに触れる。それから「テオ」と名を呼ぶ声――。

一際強く腰を引き寄せられ、「ん……っ！」と呻《うめ》いたとき、肉襞に熱液をぶつけられた。先ほどのテオと同じく、一度では終わらない。濡れた隘路《あいろ》を味わい尽くすようにしたたかに抉《えぐ》られ、最奥《さいおう》に二度目の精が放たれる。

「……っあ……ぅ」

その熱さと勢いに恍惚となり、ぶるっと体がわななく。きらめく快感の最後のひとひらが、白濁《はくだく》となってテオの果芯から溢れでた。

「テオ――」

どくどくと、互いの胸を叩き続けていた音が次第に緩《ゆる》やかになっていく。けれども体を離す気にはなれなかった。きっとカイルも同じだろう。テオの汗ばんだ髪をかき上げながら、頬やこめかみに何度も唇を寄せてくる。初めてのまぐわいの充足感が悲しみにさらわれてしまわないよう、テオもカイルを抱きしめる。

数え切れないほど唇を重ねたあと、カイルの背にまわしていたはずの手がふわっとしたものに包まれた。あっと思ったときにはカイルは獅子の姿に変わっていて、テオの上でたてがみを振るう。

カイルは人でもあるし、獅子でもある。とっくに知っていることとはいえ、契《ちぎ》りを結んだあとだ。抱き合ってもなお解けることのなかった呪いを目の当たりにし、目許が歪む。

「ごめん……。やっぱりぼく、天の子じゃないね」

涙が滲むのを感じていると、カイルの厚い舌でこめかみをくすぐられた。

『俺にとってはお前が天の子だ。呪いなど解けずとも構わんと言ったであろう。それともお前は人である俺を好いているだけで、獅子の俺は気に入らんのか？』

思いも寄らないことを訊かれたせいで、びっくりして飛び起きる。

「そんなわけない……！　ぼくはカイルのがしがしした毛も好きだし、たてがみも立派でかっこいいなって思ってるし、ぼくを乗せてどこまでも走れるところもすてきだなって思ってる。人のときのカイルも大好きだけど、獅子のときのカイルも同じくらい大好きだよ」

『ならばよいではないか。なぜ泣く。俺はお前のすべてを好いているぞ』

真顔で返され、またひとつ、カイルの想いの深さを知る。

もう涙は出なかった。かわりに笑みがこぼれ、カイルに抱きつく。

豊かなたてがみを撫でて頰ずりをし、顔を埋める。カイルは『こら、のしかかるな』と言いつつもうれしそうで、テオに鼻先を擦りつけてくる。

緑陰で過ごした日々を彷彿《ほうふつ》とさせるじゃれ合いだ。

幸せで幸せで、テオは声を立てて笑った。


朝なんて来なければいい。二度と来るな。——どれほど祈ろうとも、夜は必ず明ける。

翌朝テオは、明かりとりの窓から薄く射し込む光で目が覚めた。

（あ……）

眠るつもりはなかったのに、眠ってしまったらしい。

となりにいるカイルはとっくに目覚めていたようで、テオの髪をもてあそんでいる。

今日はお別れの日だ。途端に胸が軋《きし》み、おはようも言わないまま、カイルをかき抱く。

はるか昔、恋人と恋人はひとつの体で、神さまの手によって二つに分けられたのかもしれない。ずっとこのまま抱き合っていたい——性懲《しょうこ》りもなく叶わぬことを願いながら、唇を合わせる。じわりと目尻に涙が浮かんだ。

「テオ。朝餉《あさげ》の支度をしてくれ。簡単なものでよい」

うん、とうなずきはしたが、腕の力を緩める気にはなれなかった。しつこくしがみついていると、さすがに「こら」と笑いまじりの声で叱られる。

カイルは旅立つのだから、しっかり腹にたまるものを食べさせたい。朝餉は特大の握り飯にした。豆といっしょに米を炊《た》き、蔬菜を刻んだものをまぜ込む。力が湧くようにと干し肉のスープも添えた。

「おお、豪勢だな」

笑うカイルはいつもと変わらない。つられてテオも笑う。

「いっぱい食べないとね。長旅になるんだし」

けれど幸せな時間は長くは続かなかった。

山道を登る馬蹄の音が聞こえ、はっとする。身を固くしてしばらく、戸口からシューイの声がした。

「カイルさま、シューイとラウルでございます。お迎えにあがりました」

「分かった。少し待っておれ」

ああ、ついにこのときが来た――。

目覚めたときよりも強く胸が軋む。だからといってめそめそばかりはしていられない。カイルは流浪《るろう》の獅子から王子に戻り、母国を守るために戦うのだ。旅支度を手伝ったあと、見送るつもりでテオも外へ出る。

夏でもエストラルドの早朝は肌寒い。凛《りん》とした空気のなか、三頭の馬とともにシューイとラウルが立っていた。一際大きな黒鹿毛《くろかげ》の馬は、カイルのために用意されたものだろう。二人はカイルだけでなくテオにも頭を下げて、それぞれ馬に跨《また》がる。

カイルはひとつ息を吸うと、テオに向き直る。

「テオ。何があっても生きろ。俺は必ず戻る。少しの間、離れ離れになるだけだ」

「ほんとに……ちゃんと帰ってきてよ？」

「ああ、帰る。帰るとも。決まっているだろう」

カイルが笑ったが、すぐにその顔は見えなくなった。

抱き合い、カイルはテオの首筋に、テオはカイルの胸に顔を埋める。

いよいよ最後なのだと思うと、声を上げて泣きたくなった。けれどそんなことをすれば、カイルはテオが泣きやむまで側にいようとするだろう。心も体も分かち合ったいま、離れたくないのはカイルも同じだ。互いの肌の匂いと温《ぬく》もりをしっかり伝えてから、「急がないとね」とテオのほうから抱擁《ほうよう》を解く。

「じゃあな、テオ。行ってくる」

「うん、行ってらっしゃい。気をつけて」

狩りへ出かけるカイルにいつもかけていた言葉だ。だが今日ほど悲しく響いたことはない。

カイルは黒鹿毛の馬に跨ると、小屋の近くの木を仰《あお》ぐ。

「おい、鴉。いるんだろう？」

すると、梢《こずえ》がばさっと揺れて、鴉がカイルの肩に降り立った。

「しばらく留守にする。テオを頼む」

『合点《がってん》だ。任せておけ』

鴉は名残惜《なごりお》しそうにカイルの首筋に頭を擦りつけてから、テオの肩にやってくる。

「待たせたな。行こう」

カイルの言葉を受けて、シューイとラウルが揃って馬の横腹を蹴《け》った。礫《つぶて》を散らす音を響かせながら、二頭の馬が勢いよく山道を下っていく。カイルは最後、テオに力強くうなずいてみせてから二人に続く。

思わず「カイル……！」と叫んで駆けだす。

しかしテオの声はもう届かなかった。三頭の馬はあっという間に遠ざかり、麓の道を行く点のようになる。

今日と同じ日が、明日も続くとは限らない——盗賊にさらわれたときも、父と悲しい別れをしたときも、テオは嫌というほどそれを感じたはずなのに。

またた。また、断たれてしまった。

けれど心は固く繋がっているのだと信じたい。こらえていた涙が溢れるのを感じながら、カイルから渡された首飾りの宝珠を握りしめる。

『泣くなよ、テオ。カイルはめっぽう強いんだ。俺はずっとカイルと旅してきたから、よおく知ってる。カイルならぜったい大丈夫だ』

「そうだよね……。ありがとう、鴉」

頬に幾筋も涙を伝わせて、三つの点すらも消えてしまった麓を見おろす。

——宝珠と交易《こうえき》の国シャタールが、武装国家へイシャムと戦を始めたのは、カイルが旅立って六日後のことだった。

＊＊＊＊

エストラルドの秋は短い。

実りもろくに得られないまま、木枯《こが》らしが吹き始め、すぐに冬がやってきた。

カイルが言ったとおり、燿《よう》の国とは比べものにならない厳しさだ。絶え間なく降り続ける雪のせいで、辺りは一面の銀世界。時折ゴオオォと吹く風は凄《すさ》まじく、石造りの家さえも軋《きし》ませる。カイルが家屋《かおく》を修繕《しゅうぜん》してくれていなかったら、おそらく雪の重さに耐えかねてつぶれていたことだろう。

「おはよう、鴉《からす》。ぼくは雪下ろしをしてくるから、暖炉《だんろ》の守りをしてて」

『待て、テオ。俺も行く。ひとりきりのときに屋根から落ちたらどうするつもりだ。俺が助けを呼びに行かなきゃ、テオは凍《こご》えて死んじまうんだぞ』

「分かった分かった。じゃあいっしょに行こう」

鳥とは年中そこら辺にいるものと思っていたのだが、エストラルドのように寒さの厳しい地では、一年を通して過ごすことは難しいらしい。鴉もやはり寒いのは苦手なようで、木枯らしが吹き始めた頃からこの家で過ごしている。

けれどテオが雪下ろしと雪かきをするときは、必ずついてくる。「テオを頼む」というカイルの言葉を鴉なりに心にとめているのだろう。とはいえ、たいていくちばしをガチガチ言わせて、屋根の上で震えているだけなのだが。

「——鴉、終わったよ。さあ、家に入ってスープを飲もう」

『たたた頼む……ほほほ干し肉の入ったやつを……』

「お肉は貴重だからだめ。かわりに干しぶどうを入れてあげるから」

暖炉の前にぺたんと座り、昨夜《ゆうべ》の残りのスープを鴉とともにする。

「カイルは無事かな」「早く戦が終わるといいな」——そんな言葉を鴉と交わしていた頃も

あったが、一月二月《ひとつきふたつき》と冬を過ごすうちに、互いに話題に出すことはなくなった。

もちろん、カイルのことは毎日気にかけている。お守りがわりの首飾りを握りしめ、眠れない夜を過ごすこともしょっちゅうだ。

しかしシャタールとエストラルドはずいぶん離れているため、町へ出ても戦況に詳しい者とは出会えない。どうやっても不安を拭《ぬぐ》うことができないのだから、「俺を信じて待て」というカイルの言葉を胸に刻《きざ》み、この地で踏ん張って生きていくしかない。それこそがカイルを支える祈りに繋《つな》がると、テオは信じている。

「さて、スープも飲んだことだし、ぼくは集会所に行ってくるよ」

『毎日毎日、精が出るな。籠《かご》なんか編んで、売れるのか？』

「少しはね。じっとしてるだけじゃ、何も生まれないもん」

食糧は備蓄《びちく》しているし、カイルが荷下ろしの仕事で稼《かせ》いでくれた銭貨《せんか》もある。だからといって日がな一日、暖炉の前で過ごすわけにはいかない。

テオは冬の間に少しでも稼ぐため、町の雑貨商に卸《おろ》す編み籠を作っている。年寄りたちが集落の集会所で作っているのだ。その仲間に入れてもらい、毎日せっせと編んでいる。完成した籠がある程度たまったら、ソリと徒歩で町の雑貨商のもとへ届けに行く。これは年若いテオの役割だ。

「日が暮れる前には戻るから」

鴉に言い残し、襟巻《えりまき》をして家を出る。

今日も空は厚い雪雲に覆《おお》われていて、陽射しはほとんど届かない。あかぎれと霜腫《しもば》れの目立つ手に息を吹きかけながら、麓《ふもと》にある集会所へ向かうため、そろりと山道を下る。

がんばって生きていかなくっちゃ――常に自分に言い聞かせているというのに、小雪まじりの風にもてあそばれたせいで、言いようのないさびしさに襲われた。

いつもそうだ。鴉と離れてひとりになると、涙がせり上がる。

(会いたいな……。カイルに会いたい)

どれほど焦《こ》がれようとも、会えない環境に身を置いているのだから耐えるしかない。分かっていても恋しさが募《つの》り、涙の滲《にじ》んだ眸《ひとみ》で空を見上げる。

カイルの想いに応《こた》えるのを迷っていたとき、テオは心変わりした父のことをよく考えていた。

最近思うのは母のことだ。いや、母が母になる前の、フィオーナという女性のことだ。

彼女はきっと、ともに生きていけない人と恋に落ちたのだろう。だから彼との間に授《さず》かった子をひとりで産み、大切に慈《いつく》しんだ。母はやさしくて美しいだけではない、強い人でもあったのだ。テオにもそのフィオーナの血が流れている。

(泣いてちゃだめだ。母さんみたいに強くならないと。カイルはきっと、笑ってるぼくが好きなんだろうから)

目許《めもと》を拭って自分に言い聞かせ、今度はしっかりした足取りで雪を踏む。

――どれほどそんな日々が続いただろう。次第に雪の降る日が減り、雲の割れ目から光が射すようになってきた。積もった雪も解けていく一方なので、もうソリは使えない。

『お！　この天気なら飛べそうだ』

「ほんと？　じゃあいっしょに町へ行こうよ。あとで合図をするから」

今日は編み籠を雑貨商へ届けに行く日だ。重ねた籠を大きな布で包み、それを背負って集会所を出る。テオが下手《へた》な口笛を吹くと、家のほうから鴉が飛んできた。

「どう？　凍えない？」

『大丈夫だ。ま、俺が凍えて落下したら、懐《ふところ》に入れてやってくれ』

上着の合わせ目から鴉が顔だけ出している姿を想像して、あははと笑う。

声を立てて笑ったのは久しぶりだ。冷たさのやわらいだ風や、陽射しを受けて輝く水たまりが、テオの心を明るくさせる。

きっと鴉も同じだったのだろう。『そこら辺を飛んでくる』と宣言したかと思うと、空高くはばたき、見えなくなった。「ちゃんと帰ってきてよ」と呼びかけたが、聞こえたかどうか。

春の訪れを感じさせる天候のせいか、町を行き交う人の姿も増えていた。

雑貨商の店に辿り着いたテオは「ごめんください」と声をかけ、背負った荷を下ろす。籠の出来栄えを確かめた店主から金を受けとると、テオの仕事は終わったも同然だ。このお金は長老が皆に分配してくれる。

（うれしいな。今回はいつもより高い値で引きとってもらえた）

ふふっと笑い、店から出たときだった。

『テオー！』

呼ぶ声がどこからか聞こえるなと思っていたら、鴉が恐ろしい勢いで頭上高くから急降下してきた。「わわっ」と目を丸くして、ぱふっと両手で受け止める。

「どうしたの⁉　翼が凍えちゃった？」

『ち、ちが……朗報《ろうほう》だ、朗報』

鴉は大きく胸を上下させると、テオの肩によじ登ってくる。

『さっき、広場で男たちが話してるのを聞いたんだ。シャタールとヘイシャム間の戦が終わったと。喜べ、テオ。勝ったのはシャタールだ』

「えっ！」

テオはすぐさま広場を目指して駆けだした。

町の真ん中にある広場では火が焚《た》かれていて、酒を手にした男たちが焚き火を囲んで談笑している。辺りを見まわした鴉が、『あの人たちだ』と二人組の男にくちばしを向ける。

「あのっ！　シャタールとヘイシャムの戦が終わったっていうのは本当ですか⁉」

男たちはいきなり駆け寄ってきたテオにおどろいたようだ。戸惑いがちに二人で顔を見合わせるも、すぐに表情をほぐし、「ああ」とうなずく。

「まちがいねえよ。入国許可と往来許可が出たからな」

聞くと、男たちはシャタールやシャタール付近の国々へ毛織物を卸す仕事を請け負っているのだとか。けれど戦が始まったせいで荷を運ぶことができず、困っていたようだ。

「だったら、カイルは……シャタール王国のカイル王子はご無事なんでしょうか。戦へ出たはずなんです」

「王子が戦に？　悪いが分かんねえな。俺らは金をもらって荷を運んでるだけだ。王族の名前なんか知らないし、王宮にも伝手《つて》はねえよ」

「そうですか……」

がっくりと肩を落としたとき、もうひとりの男が言った。

「だけどその王子さまが無事なら、パレードに出ると思うぞ」

「パレード？」

「凱旋《がいせん》パレードがあるんだよ。俺らはパレードに合わせてシャタールへ向かうつもりだ。国軍の兵士たちがずらりと並んで行進するさまは壮観だぞ。王都の道という道には露店《ろてん》がひしめき、国中から民が集まって――」

男の話が終わるのを待ちきれず、テオはがばっと頭を下げる。

「お願いします！　ぼくをシャタールに連れていってください！」

必死になって男たちに頼んだおかげで、鴉とともに荷馬車の荷台に乗って、シャタールへ連れていってもらえることになった。

といっても、荷台には絨毯《じゅうたん》や敷物が山のように積みあげられていて狭苦しい。小さく体を縮《ちぢ》めた格好で首飾りを握りしめ、どうかカイルが無事でありますようにと祈りながら、荷馬車に揺られる。

いくつも国を経由して、シャタールへ着いたのは五日後だった。

「もうここで降りてくれ。俺らはまだ立ち寄るところがある。その城門の向こうが王都だ」

「ありがとうございます！　助かりました！」

鴉を肩に乗せて荷馬車を降りると、むんとした熱気に包まれた。

エストラルドとちがって、シャタールはすでに春を迎えているようだ。テオのように冬の装《よそお》いに身を包んでいる人はひとりもいない。慌てて襟巻を外していると、どこからか、パンッ！と大きな音がした。音は立て続けに二度響き、歓声が城門の外にまでとどろく。

「な、何？」

『祝砲《しゅくほう》だ。パレードが始まったんだろう。急ごう、テオ』

鴉は空へ飛び立ち、テオは駆け足で城門をくぐる。

「わあ……」

これがシャタールの王都――。

宝珠の国に相応《ふさわ》しく、色石の敷きつめられた道だ。店や住居は花で飾られ、祝福の空気に満ち溢れている。通りには、「サウダルさま万歳！」と笑顔で花びらを撒《ま》く女たちもいれば、戦勝を祝う曲を高らかに奏《かな》でる楽団もいる。

町の景色を目《ま》の当たりにしたおかげで、実感が湧いてきた。シャタールはついに戦を終えたのだと。

『テオ、俺についてこい。兵士たちが行進する大通りはこっちだ』

鴉に導かれ、人の波をかき分けるようにして進む。

露店が軒《のき》を連ねた大通りでは、大勢の人たちがひしめいていた。

国軍兵士の勇姿《ゆうし》を一目見ようと集まった民たちだろう。皆、興奮した様子で、目の前の道に兵士たちが現れるのを待っている。想像以上の人出に阻《はば》まれ、テオは一歩も進めなくなってしまった。鴉もどこへ飛んでいったか分からない。

たまらず近くにいた人を捕まえ、「あの、カイル王子はご無事なんでしょうか」と尋ねる。

「は？　あんた、よそ者かい？　ご無事に決まっているだろう」

「ほ、ほんとですか⁉」

「ああ、ご無事だよ。カイルさまがいたからこそ、シャタールは戦に勝てたようなものだ」

やっと――やっと、いちばん聞きたかった言葉を聞くことができた。途端に胸がいっぱいになり、眸を潤《うる》ませるテオに、周りの人たちが口々に言う。

「なんてったってカイルさまは、その身に聖獣《せいじゅう》を宿されたお方だからな。それも紅蓮《ぐれん》の獅子《しし》だ。人の姿にも獅子の姿にもなれるんだぞ」

「もしかしてあんたの暮らす国にもカイルさまの噂が届いていたのかい？　カイルさまは齢《よわい》十八でシャタールを出られてから、大陸のさまざまな国でご鍛錬《たんれん》を積まれていたらしい。ついにそのご鍛練が実を結び、聖獣の獅子をお宿しになったんだ」

（ご鍛練……？）

カイルは素行《そこう》の悪さが原因で呪いをかけられ、獅子にされたはずだ。けれど国を守るために身を挺《てい》して戦ったいま、《聖獣を宿した王子》と民に信じられているらしい。

「そ、それはご立派ですね。すごい」

戸惑いがちにうなずいていると、大きな歓声が上がった。同時にぐうっと人の波がうねり、足許《あしもと》をさらわれる。踏ん張りきれずに沿道から離れたところへ弾《はじ》き飛ばされたとき、さらなる歓声がとどろいた。

皆が皆、「カイルさま万歳！」と叫んでいる。はっとして背伸びをすると、白く美しい馬に跨《またが》ったカイルの姿が見えた。

「カ、カイル……！」

思わず口にした名を、割れんばかりの拍手がかき消す。

カイルはシャタール王国の紋章の入ったマントを羽織《はお》り、鈍色《にびいろ》の鎧《よろい》を身につけている。疵《きず》ひとつない美しい鎧なので、パレード用のものなのかもしれない。カイルはテオが知っている頃よりも精悍《せいかん》な顔立ちになっていて、沿道に立つ民に手を振り、応えている。

（よかった……。カイル、元気そうだ）

会いたい会いたいとずっと願っていたはずなのに、王子然とした凛々《りり》しい姿を目にしたせいで、なんだか急にカイルが遠い存在に思えてきた。そもそもテオはただの農民で、王子であるカイルとはつり合わない。二人の間にある距離を知らしめるように、次第にカイルの姿が遠のいていく。

カイルの後ろ姿を見つめながら、テオはエストラルドの冬を思いだしていた。雪に閉ざされた地で、テオはずっとカイルの無事を祈り続けていた。やっと戦が終わったことを知り、シャタールまで駆けつけたのだ。たとえ頭上に春の陽があろうと、テオの冬はまだ終わっていない。おそらくカイルの冬も――。

「カイル！　カイルー！」

弾かれたように駆けだし、力の限りその名を叫ぶ。

けれど多すぎる人のせいでなかなか声が届かず、追いかけることもままならなくなってしまった。もうここからでは、カイルの姿は見えない。いっそのこと先回りして木にでも登るかと周囲に視線を走らせたとき、「テオ！」と声がした。

鴉の声ではない、カイルの声だ。はっとして必死になって飛び跳ねる。

「ここだよ！　ぼく、ここにいる！」

「テオ！」

辺りが騒然《そうぜん》とし、皆がテオを振り返る。

互いに姿が見えないまま、やりとりを交わしていると、四重にも五重にもあった人の壁が割れ、道ができた。テオとカイルを繋ぐ一本道だ。道の先にはカイルが——馬から降り、肩に鴉をとまらせたカイルが、両腕を広げてテオの名を呼んでいる。

「カイル……！」

どっと溢れた涙のせいで、視界がぐちゃぐちゃになった。

眼帯がほどけたことにも気づかず夢中になって駆け、カイルの胸に飛び込む。逞《たくま》しい腕がしっかりとテオを受け止め、抱きあげた。

「おどろいたぞ、テオ。どこからかお前の声が聞こえる気がしたのだ。俺の耳がおかしいのかと思っておった。どうやってシャタールまで来た」

「荷馬車の、荷台に乗せてもらって」

「そうか、よく来たな。——会いたかった。俺はずっと、お前に会いたかった」

昔と同じ、人懐っこい笑顔だ。カイルは何も変わっていない。腰を抱き支える腕も、テオの涙を拭う手のひらも、何もかもカイルだ。また涙が溢れてしまう。

「無事で……本当によかった。戦、終わったんだね」

「ああ、終わった。シャタールは見事勝利を摑んだぞ」

カイルが喜びを嚙みしめるように言い、沿道にひしめく民を見まわす。

「俺はここに集った者たちのことをよく知らない。七年もシャタールを離れていたのだ。だからこそ善良な民たちの姿を思い浮かべようとすると、皆お前になる。俺は俺のすぐ後ろに、数万人以上のお前がいることを想像して戦った」

「ぼくが、カイルの後ろに？」

「ああ。お前を守るためだと思えば、いくらでも強くなれたぞ。無上の幸せとは、平穏な日々を紡《つむ》ぎ続けること。俺はエストラルドでお前と暮らしたことで、それを知ったからな」

民の日常を守るため、懸命に戦うカイルの姿が脳裏《のうり》に浮かび、胸がつまった。

特別なことなど何もいらないと、カイルの無事を確認できたいま、なおのこと強く感じる。裏山の緑陰《りょくいん》で寝そべる獅子姿のカイルとともに、流れる雲を眺めたこと。立派なたてがみを三つ編みにして遊んだこと。ときどきじゃれつかれて、身を捩《よじ》って笑ったこと――。

テオが幸せをめいっぱい感じたあの日々を、カイルも大切に思っていることがたまらなくうれしかった。

溢れる一方の喜びに頬を上気させていると、カイルに後ろ髪を撫でられた。

「しばし待ってくれるか。パレードを終えてからまた会いたい」

「うん！」

沿道へ戻り、再び白馬に跨って行進するカイルを眺める。

名前を呼ぶ声が届いただけでなく、カイルに抱きあげられて言葉を交わせた。たったいま起こった出来事に興奮し、パレードの熱気のなかでぼうと佇《たたず》んでいると、「テオ殿」と声をかけられた。

シューイだ。カイルに言われてテオのもとへやってきたらしい。シューイの導きで大通りを抜け、緑溢れる王宮の内苑《ないえん》に辿り着く。

「こちらでしばらくお待ちください」

シューイに示されたのは、内苑にあるあずまや風の小さな宮だった。

四方の柱と格子《こうし》の屋根には蔦《つた》が絡《から》みつき、いたるところで鮮《あざ》やかな色の花を咲かせている。まるでお伽噺《とぎばなし》に出てくる家のようだ。パレードの喧噪《けんそう》は届かず、やさしい花の香りだけが漂っている。

内苑を散策したり、花の匂いを嗅《か》いだりと、どれほど待っただろう。芝草を踏む音に気づき、振り返る。カイルがまさにいま、テオのもとへ来ようとしていた。

「カイル！」

ぱっと笑みを広げ、先ほどと同じようにその胸に飛び込む。

「パレードは無事に終わったの？」

「ああ。すべての隊が王宮へ帰り着いたところだ」

「お疲れさま。すごくかっこよかったよ」

王子であるカイルに熱い視線を送る民衆はもういない。風がそよぐ美しい苑で二人きりだ。

並んで園路を歩きながら、病床《びょうしょう》に臥《ふ》せていた父王の体調も回復しつつあるのだと、カイルが言った。寝所《しんじょ》で一日を過ごすことは少なくなり、いまでは民の前に立てるほどになったのだとか。「兄が王位を継ぐのはまだまだ先だろうな」とカイルが穏やかな笑みをたたえる。

「よかった、王さまが元気になって。――あ、そうだ、これ」

テオは襟元《えりもと》を探ると、お守りがわりに持たされた首飾りを取りだした。いつかのカイルがしたように宝珠に唇を押し当ててから、カイルの首にかける。

「ありがとう。この首飾りのおかげで、ぼくはカイルを信じて待つことができたんだ。毎日握りしめて眠ったんだよ」

「そうか。離れていても、お前を支えることができたのだな」

カイルが目許をほころばせ、たったいまテオが唇を当てた宝珠に口づける。テオから一度も視線を外すことなくだ。その仕草にどきっとし、エストラルドの厳しい冬にさらされても消えることのなかった想いが、テオの胸を熱くする。

「ぼくはカイルのことが大好き」

この気持ちは、旅立つ前のカイルにも伝えた。けれどあのときは、カイルの足枷《あしかせ》になってはいけないと、呑み込んだ言葉がある。

カイルの無事を確かめたいまこそ、伝えたい――。

「ぼく、カイルといっしょに生きていきたいよ。カイルといるとすごく楽しいし、幸せなんだ。ぼくはカイルと本当の夫婦みたいになりたい。ずっとずっと、二人でいたいんだ」

「テオ。それは俺の求婚を受けるということか？」

真剣な表情で問われて、ひとつ唾《つば》を飲む。

返事自体に迷ったわけではない。やはりカイルとは生まれも育ちもちがうからだ。

「ぼくは男子だし、畑仕事しかしたことない。髪も手も荒れ放題だけど、カイルのお嫁さんになれるのかな……？」

問いかけに問いかけで返すと、金茶色の眸が揺れる。

答えを聞く前にカイルの心を知ってしまった。息を呑んだカイルが見る見るうちに相好《そうごう》を崩し、テオを高く抱きあげる。

「ああ、なれる。なれるとも。俺はテオがいい。二度と放すものか。お前はやはり天の子だ」

「カイル！」

遠く離れた地でそれぞれ冬を越え、やっと未来を誓い合うことができた。心と体を繋げるだけでない、ともに同じ明日を願って生きていくことができる——。

うれしくて花が咲くように笑ったのも束《つか》の間、最後の一言が引っかかった。「もう」と眉根を寄せて、カイルの頬を軽くつねる。

「いい加減にぼくのこと、天の子って呼ぶのはやめて。ぼくはちがうってずっと言ってるだって未来なんて——」

お決まりの科白《セリフ》を言おうとしたときだ。

「いや、お前はまさしく天の子だ」

と、カイルがテオの言葉を遮《さえぎ》る。

「一日中人の姿でいても、へたばることがなくなったのだ。エストラルドを発《た》つ前にお前を抱いたからとしか思えん。俺が何日人の姿でいると思う？　おどろくな、今日で十日目だ」

「えっ、本当に？」

「まことだ。いままでのように息が上がることもなければ、足がよろつくこともない。けれどな、獅子にもなれるのだ」

カイルは言うが早いか、テオの前で獅子に変わってみせる。力強く降り立った前足に、芝草がざっと散らされる。

「ど、どういうこと？　呪いが半分解けたってこと？」

『おそらくな』

カイルがうなずき、人の姿に戻る。

「天の子とは、《右目で現実を、左目で未来を見ることのできる者》。それは特殊な力を持つ預《よ》言者《げんしゃ》の類《たぐ》いではなく、未来を見据《みす》えて生きる者という意味ではないのか？　お前はどのような境遇に身を置こうとも、己にできることを精いっぱいこなし、前を向いて生きてきた。昔の俺のように、いまがよければそれでよい生き方をしている者に作物は育てられん。父は愚行《ぐこう》を重ねる俺に地道な生き方を教えたくて、呪術師の婆《ばば》に呪いをかけさせたのだろう」

「じゃあ、ぼくが……カイルの天の子……」

呆然と呟きながら、はっとする。

「待って。だったら、残りの呪いはいつ解けるの？」

仮にテオが正真正銘の天の子だとしても、カイルにかけられた呪いを半分しか解けないのなら、不完全な天の子ということになる。ということは、この大陸のどこかに本物の天の子がいる——。

たちまち表情を曇《くも》らせるテオとは裏腹に、カイルは笑顔のままだ。

再びテオを抱きあげると、唇を寄せてくる。笑うカイルの吐息がテオの顎《あご》に触れた。

「分からんのか？　俺に答えを教えたのはお前だぞ。添《そ》い遂《と》げてこそ、夫婦。俺とお前はまだ初夜の褥《しとね》しかともにしておらん。それも旅立ちの前夜ゆえ、いささか悲しい褥であった。あらためて初夜の契《ちぎ》りを交わし、この先もずっと仲睦《むつ》まじく過ごしておれば、必ずや俺の呪いは解けるだろう。いつかのお前が言ったとおり、互いが互いを想い支える、本物の夫婦のようにならねばだめなのだ」

「あ……」

そうか、そういうことか――。

興奮と安堵で胸が塞《ふさ》がれたようになり、指先が細かく震えた。

言うことを聞かない手をぎゅっと握りしめ、胸に広がる幸せを思いきり味わう。カイルを戦に連れだしたのも運命ならば、テオと巡り会わせたのも運命だったのかもしれない。

よかった。本当によかった。

息を吐きだし、目の前の頬を両手で挟むと、カイルが眩《まぶ》しそうに目を眇《すが》めてテオを見る。

「ともに生きよう、テオ。二人でまことの夫婦のように」

「うん――」

まさに春の盛りだ。恋の成就《じょうじゅ》を祝福するかのように、頭上からシャタールのうららかな陽射しが燦々《さんさん》と降りそそいでいた。

赤獅子の王子に嫁ぎます

akajishino oujini totsugimasu

ここがシャタール王国の王宮──。

そびえる白亜《はくあ》の宮殿を前にして足を竦《すく》ませるテオに、「そう慄《おのの》くな。よい機会ではないか。まずは父にお前を紹介せねば始まらん」とカイルが言う。

「でででもっ、心の準備が……」

「いらんいらん。お前の心が整うのを待っていると日が暮れる。行くぞ、テオ」

まさかカイルと再会を果たしたその日に、カイルの父でもあるサウダル王と謁見《えっけん》することになろうとは。

カイルが凱旋《がいせん》パレードの最中に馬を降り、素性の知れない異国の若者と熱い抱擁《ほうよう》を交わしていたことは、王の耳にも入ったらしい。「二人を連れてくるように」と側近《そっきん》のシューイに言いつけたようで、テオはカイルとともに王宮へ出向くことになったのだ。

『がんばれよ!』と鴉《からす》に励《はげ》まされたが、がんばるも何も動悸《どうき》が治まらない。白くなめらかな石で造られた王宮は、田舎町などすっぽり呑み込んでしまうほどの大きさだ。それだけでも圧倒されるというのに、大扉をくぐった先に広がる世界にも圧倒された。

天井や壁面にほどこされたモザイク貼り。宝珠のかけらが複雑な幾何学《きかがく》模様を描くさまは、息を呑むほど美しい。回廊に囲まれた中庭の広さにもおどろいた。色とりどりの花が咲き、噴水が三つもある庭など、テオは見たことがない。田舎者の自分をまざまざと感じ、いまさらながら膝が震える。

「どうしよう……ぼく、平服《へいふく》だけど大丈夫かな」

カイルに尋ねたつもりだが、「ご心配なく」と答えたのはシューイだった。

「サウダルさまは、お召しもので人を判断するようなお方ではございません」

「そ、そうですか」

冷や汗をかきながら階段をのぼり、長い長い廊下を歩く。何度も唾《つば》を飲んでいるうちに、近衛《このえ》兵の護《まも》る扉の前に着いた。シューイが用向きを伝えると、兵たちが脇へと下がる。ほどなくして侍従《じじゅう》の手により、内側から扉が開かれた。

「サウダルさま、お待たせいたしました。カイル王子とご友人の方でございます」

シューイに促《うなが》されて、カイルとともに扉をくぐる。

大理石の床が美しい、広い部屋だ。寝台と見まがうほどの立派な長椅子があり、口髭《くちひげ》をたくわえた男性が腰を下ろしている。カイルと同じ赤髪だ。きっとこの人がサウダル王にちがいない。傍《かたわ》らに控えている女性はカイルの母、すなわちサウダル王の后《きさき》だろう。

緊張で頬が強張《こわば》るのを感じながら、双方に頭を下げる。部屋にはテラスもついていて、鷺《さぎ》に似た白い鳥が手すりで羽を休めているのが見えた。

カイルが一礼し、三歩ほど前へ出る。

「父上。凱旋パレードは滞《とどこお》りなく終わりました。私は先ほど戻ったところです」

「うむ。お前の姿を一目見ようと、大勢の民が大通りにつめかけたと聞いている。ご苦労だった」

王はカイルに労《ねぎら》いの言葉をかけると、テオに目を向ける。

「ほう。美しいオッドアイだな。彼がお前のいう天の子か？」

「はい。名前はテオ。耀《よう》の国で出会いました」

カイルに手招きされ、テオもまた三歩進む。

「初めまして、王陛下。テオと申します。献上《けんじょう》の御品《おしな》になりかけていたところをカイルさまに助けていただいたのがご縁で、旅のお伴《とも》をさせていただいておりました」

「うん？　献上の品とは？」

訝《いぶか》しげにまばたく王に、カイルが事の経緯《けいい》を説明する。

たちまち王の眉間《みけん》に深い皺《しわ》が刻《きざ》まれた。

「なるほど。耀の兵士の前で輿《こし》を襲い、貢《みつ》ぎものをかっさらったのか。まったく、お前のやりそうなことだ。狼藉《ろうぜき》とたがわぬ行為だぞ」

「お言葉ですが、父上。生きた人間を本人の意志とは関係なく品物に仕立てるほうが人の道に外れた行いではないでしょうか。テオは盗賊にさらわれ、盗賊から商人に売り渡された挙句《あげく》、献上の品にされてしまったのですよ？」

「それは彼を連れ去ってから知ったことであろう。私は他に方法があったのではないかと言っている」

なんだか険悪な雰囲気になりそうだったので、テオは慌てて言った。

「あの、ぼくはカイルさまに助けていただいて本当によかったと思っています。お輿に揺られているときは生きた心地がしませんでしたし、耀の兵士に追われているときも怖くてしようがなかったのです」

力強く訴えたのも束《つか》の間、出過ぎた真似をしてしまったことに気がついた。

生まれてこのかた、王さまに謁見などしたことがないので、言葉づかいが正しいかどうかも分からない。そもそもテオは旅の間にカイルに言葉を習っただけで、シャタール語をそう流《りゅう》暢《ちょう》に話せるわけではないのだ。

はっとして顔色を青くしたテオを救うように、王が目許《めもと》をほころばせる。

「そうか。そなたが命拾いをしたと申すのなら、息子は善《よ》いことをしたのだな。咎《とが》めるのはやめておこう」

王は再び息子に視線を定める。

「カイルよ。いま一度訊く。このテオがお前の天の子なのか?」

「はい、まぎれもなく。テオは小さな幸せを拾い集め、作物を育てる日々に喜びを感じ、慎《つつ》ましく生きております。私は彼に出会い、彼の心に触れて、己の愚《おろ》かな振る舞いを省《かえり》みることができたのです。丸一日人の姿でいられなかった私ですが、彼と心を交わして以降は、六日でも十日でも人の姿でいられます。まさにテオこそ天の子だという証《あかし》かと」

「しかしお前は赤獅子《あかじし》にもなれるではないか。呪いは解けておらぬだろう」

「仰《おっしゃ》るとおり」

カイルは獅子に変化《へんげ》してみせると、赤いたてがみを振るう。

『右目で現実を、左目で未来を見ることのできる天の子と出会い、夫婦として契《ちぎ》りを結ぶことができれば、私にかけられた呪いは解けると聞きました。けれど父上、夫婦とは四十年五十年と連れ添うものでしょう。春に結んだ契りが夏にほどけるようでは、とても夫婦とは言えません。私とテオがまことの夫婦と証明するには、まだまだ長い刻《とき》が必要かと思います』

「待て、カイル。――待て」

王は複雑な皺を眉間に刻むと、しばらく考える仕草をした。王妃とも何やら小声で言葉を交わす。

「カイルよ。お前にとって天の子とは何だ」

『この世でもっとも愛《いと》おしく、大切な人です。父上にとっては母上がそうではないかと』

王は「むう」と唸《うな》ると、テオを見る。

具体的に示されたおかげで、息子の気持ちを想像しやすくなったのかもしれない。だからこそ混乱したのだろう。天の子として紹介されたテオだが、テオはどこからどう見ても娘ではない。王の表情がますます小難しいものに変わるのが分かり、頬が赤らむ思いがした。

「カイル。お前は天の子が男子でも構わぬと？」

『構わぬのではなく、テオだからよいのです』

「誓い合っておるのか？　この者と」

『ええ、固く』

王がまたもや唸る。

「友ではないということだな？」

『愚問《ぐもん》でしょう。父上は友と夫婦になりたいと思ったことがあるのですか？』

「よせ。ないゆえ訊いておる」

『テオは友ではございません。私が生まれて初めて伴侶にしたいと願った相手です』

カイルはいっさい躊躇《ちゅうちょ》することなく答えているが、内容はとんでもない。まさかこうもはっきり王の前で告げられるとは思ってもいなかった。

テオが真っ赤な顔でおろおろしていると、王がため息をつき、こめかみを揉《も》む。

「なるほど。お前にとってテオは心を捧《ささ》げた相手であり、天の子でもあるということだな。気持ちはよく分かった。――では、婆《ばば》にも訊こう」

（婆……？）

意味が分からず辺りを見まわしたとき、テラスの手すりにいた白い鳥が飛んできた。

鳥はぐるりと宙を一周すると床に降り立ち、優雅に羽をたたむ。だがテオがぱちっとまばたきをした間に姿を消し、かわりに黒いローブをまとった老婆が現れた。

途端に獅子姿のカイルが唸り、牙《きば》を剝《む》く。

『怪しげな鳥はやはり婆か。いまだ健在とは恐れ入る。よもや魔物ではあるまいな』

「相変わらず口の減らん餓鬼《がき》よの。お前はてっきりサバンナでハーレムでも作っておるのかと思っておったわ」

『何がハーレムだ。俺は獅子の雌《めす》になど興味はないわ』

吐き捨てたカイルが人の姿に戻る。

どうやらこの老婆が当時十八のカイルを赤獅子にした呪術師らしい。固唾《かたず》を呑んで成り行きを見守っていると、サウダル王が言った。

「婆よ。あなたに問いたい。カイルが旅の途中で出会ったというこの者——テオは、果たして天の子か？」

王の問いかけを受けて、老婆がテオのほうへやってくる。

婆の背丈はテオの半分ほどしかなく、目は白く濁《にご》っている。もしかしてほとんど目が見えないのだろうか。それでも婆に双眸《そうぼう》を向けられると、心の奥まで見透かされそうな不思議な眼力を感じた。

「テオか。よい名をつけてもらったな」

うなずいた婆が手を見せるようにと言う。

おずおずと差しだした手を婆にとられた刹那《せつな》、血の道がカッと熱くなるのが分かった。テオが息を呑んでいるうちに熱い血が体の隅々まで行き渡り、冬の間にできた霜腫《しもば》れが消えていく。

「テオ。お前はカイルを慕《した》っておるのだな。やつはなかなかの悪餓鬼だぞ」

「それは昔のことでございましょう。ぼくの知っているカイルさまは、とてもやさしいお人です」

「しかしお前も承知のとおり、カイルにかけた呪いは解けておらぬ。獣の体を持つ者など、面倒なことこの上なかろうが。もしかすると、一生このままかもしれんぞ。お前はそれでもよいのか?」

テオはひとつまばたくと、口を噤《つぐ》んだ。

答えることに躊躇したのではない。この大事な局面で自分の想いを伝えるにはどういう言葉を選べばいいか、慎重に吟味《ぎんみ》したかったからだ。

しばらく考えたのち、言葉を紡《つむ》ぐ。

「婆さま。ぼくは赤獅子であるカイルさまもお慕いしております。正直に申しますと、初めてお会いしたときは恐ろしゅうございました。けれどカイルさまは獅子のときも変わらずおやさしいのです。ぼくの心がいま健《すこ》やかなのは、カイルさまが支えてくださったおかげです。カイルさまが人であろうと獅子であろうと、ぼくはいつまでもお側《そば》にいたいと願っております」

婆が何か言う前に、にんまりと口許《くちもと》を緩《ゆる》めたカイルに肩を抱かれた。

「なかなかよいことを申すでないか。お前、俺に相当惚れておるな」

「うん。大好きだよ」

「俺もだ、テオ。お前ほど俺の心を惹きつけたやつはおらん」

カイルは想いを率直に声にしてくれるところがいい。互いの顔を眸《ひとみ》に映してふふっと笑っていると、婆がくるりと体の向きを変え、言う。

「だそうだ」

婆がしっかりサウダル王に向き直っていることに気づき、はっとする。

そう、ここは王宮。王との謁見の最中だった――。

途端にだばだばと汗を滴《したた》らせるテオの前で、婆が再び白い鳥の姿に変わる。

『サウダル王。カイルの言うとおり、夫婦とは添い遂げてこそであろう。このテオが天の子かどうかは、この先の二人にしか分からぬ。しかし六日も十日も人の姿でおられるのなら、わしのかけた呪いなど解けたも同然よ。もはや赤獅子はカイルの二つ目の体に過ぎぬ。カイルはこの者と出会ったことで、聡明《そうめい》な心と獅子の体を手に入れたのだ。次はおぬしが父として、生まれ変わった息子に応《こた》えてやる番ではないか?』

王は少しの思案の末、「――確かに」とうなずく。

これはいったいどういう展開になったのだろう。テオが戸惑っている間に婆がはばたき、身を浮かす。

そのまま広間をあとにするかと思いきや、カイルの肩にとまった。しゃがれた声で何やらささやいていたが、言葉までは聞きとれない。見上げるテオの傍らで、カイルが満足そうに頬をほころばす。

「婆さま、なんて言ったの？」

「クソ餓鬼のわりにはよい子を捕まえたな、大切にしてやれ、と」

「え、ほんとに？」

思わず振り仰《あお》いだが、婆はすでに窓から飛び立ったあとだった。

じょじょに小さくなる鳥影を眺めていると、王が言う。

「この世でもっとも愛おしく大切な人、か」

王はテオを見て、次にカイルを見る。最後、その眼差しは傍らにいる王妃にとめおかれる。

「――だそうだ」

婆の言葉を真似て苦笑した王に、王妃がふふと微笑《ほほえ》むのが見えた。


「どうぞこちらでご自由にお寛《くつろ》ぎくださいませ」

丁寧に辞儀《じぎ》をして部屋を出ていく女官たちに、テオはぎこちなく頭を下げる。

王との謁見を終え、カイルは王と王妃のもとにとどまり、テオだけが王宮内の客間らしき部屋へ案内されたのだ。ふかふかの長椅子の前には大きなテーブルがあり、茶の支度がなされている。

(なんか……すごく緊張したな……)

カイルはいま頃、両親とどんな話をしているのだろう。そして自分はこれからどうなるのだろう。たった一日の間にあれこれ起こったせいで、とても頭が追いつかない。

長椅子に腰をかけ、ぼうと宙を見つめていると、くり抜き窓の辺りから『カァカァ』と聞こえてきた。

はっとして窓へ駆け寄り、つま先立ちになる。

もしやと思ったとおり、鴉が飛んできた。

『やっぱりテオか。さっき似たようなやつが回廊を歩いてるなって思ってたんだ』

「鴉ー！　ちょうどよかった。おいでよ、ぼくしかいないから」

『うん？　カイルはどうした』

「まだ王さまのところ。ぼくだけこの部屋に連れてこられたんだ」

鴉が来てくれたおかげで、気持ちが少し落ち着いた。こういうとき、友達の存在はありがたい。あらためて長椅子に腰をかけ、鴉とともに菓子を摘《つ》まむ。

『どうだった、謁見は。サウダルさまにちゃんとご挨拶《あいさつ》できたのか？』

「なんとかね。でも分かんない。あわあわして汗ばっかりかいてた気がする」

いまさらながら手のひらで顔をあおぐテオとは裏腹に、鴉は楽しそうだ。

『まさかテオが王宮に呼ばれるとはなぁ。いつの間にかカイルとくっついてるし、俺には分かんねえことだらけだよ。カイルのどこに惚れたんだ？』

と、くちばしでちょんちょんと首筋をつついてくる。

くすぐったくて笑っていると、大股な足音が廊下から聞こえてきた。はっとして体を固くしたのと同時に扉が開き、カイルが部屋へ入ってくる。

「テオ、待たせたな。――おお、鴉もいたのか」

カイルはついてきた女官たちを「構うな、下がっておれ」と追い返すと、テオのとなりに腰をかける。

「喜べ。王より婚儀の許しが出たぞ。俺とお前は正真正銘、まことの夫婦になれる」

「えっ……！」

「婚儀は早ければ夏、遅ければ秋頃になるだろうな。婚儀を終えたあと、俺の伴侶として民にお披露目《ひろめ》をする。いまからしっかり心の支度をしておけよ」

「ええっ……！」

カイルを想う気持ちに偽《いつわ》りはない。夫婦のように生きていきたいと願ったのも本当だ。けれどそれはテオとカイルの二人しかいない世界で誓い合った未来の形で、『婚儀』だの『民にお披露目』だのは、考えたこともなかった。

呆然とするテオの周りを、鴉が『やったじゃねえか！』と飛びまわる。

「す、すごい……。こんなこと、本当に起こるんだ……」

「婆も言っておっただろう。お前のおかげで俺の呪いは解けたも同然だと。男子だろうが農民だろうが、俺の伴侶はテオ以外におらん。王がそれを認めたということだ」

伸びてきた腕がテオを抱きしめる。

夢心地のまま身を任せようとしたとき、二人きりでないことに気がついた。カイルといっしょになって、テーブルの上できょとんとしている鴉を見る。

『ん？　……なんだよ、俺に出ていけってか？』

「悪いな、鴉。今日ばかりはテオと二人にしてくれ」

『チッ！　俺を除《の》け者にしやがって。くそう、アツアツじゃねえか！』

チッというのはおそらく人の舌打ちの真似だ。鴉がそこらの菓子を鷲掴《わしづか》みにして飛び去るのを待ってから、あらためてカイルと抱き合う。

「なんか悪いことしちゃったな。鴉はぼくを心配して部屋に来てくれたんだよ」

「気に病《や》まんでよい。あいつは干し肉を食わせれば、すぐに機嫌を直す」

テオの髪をひとまぜしたカイルが唇を近づけてくる。

久しぶりの口づけだ。吐息とともに触れる温《ぬく》もりが愛おしくて、胸がいっぱいになった。

カイルと再会を果たしただけでもうれしいのに、まさか父王に認められ、本当にカイルのもとへ嫁《とつ》ぐことになろうとは。エストラルドでひとり雪雲を見上げていた自分がこの未来を知ったら、きっと目をまん丸にしておどろくだろう。

「うれしいな。……すごくうれしい。心がふわふわするよ」

「よかった、喜ぶお前が見れて。いつまでも根なし草のような生き方はできんからな。俺は王子でお前は伴侶。これで安穏《あんのん》な暮らしが手に入る」

カイルが心底ほっとしたように微笑み、テオの首筋を唇で辿り始める。

くすぐったくて身を捩《よじ》ったのも束の間、さりげなく衣服を脱がそうとする手の動きに気がついた。いやでもまさかそんなと思っているうちに平たい胸をあらわにされ、慌ててカイルの体を押し返す。

「待って。誰かが来たら困るよ。ここ、王宮でしょ？」

「安心しろ。侍従も女官も、俺が呼ばぬ限り入りはせん」

「で、でも、ぼくすごく汗かいてて、たぶんっていうかぜったいきれいじゃな——」

「分かった。あとで湯の支度をさせる」

まるで聞き入れてもらえないどころか、下衣まで脱がされ、さすがに「ひゃっ」と悲鳴を上げる。あっという間にテオだけ丸裸だ。はずかしくて長椅子の上でさっと手足をたたんだものの、カイルは構わずのしかかってくる。

「テオ。離れている間、俺がどれほどお前を想っておったか、この胸を開いて見せてやりたいほどだ。必ずお前のもとへ戻ると誓いはしたが、生きて会えるとは限らなかったのだぞ。にもかかわらず、お前は俺に待てと言うのか」

切羽《せっぱ》つまった顔つきで迫《せま》られ、どくんと胸の音が大きくなった。

想う気持ちはテオも同じだ。首を伸ばし、注意深く扉の辺りを窺う。

「ほんとに……誰も入ってこない？」

「大丈夫だ。王子の俺が許しておらんのに、入ってくるやつなどいるものか」

「ぼくの体、甘酸《あまず》っぱい匂いがしても笑わない？」

もちろんだ、という返事を期待して尋ねたというのに、あろうことかぷっと噴きだされてしまった。肩まで揺らして笑うカイルを見て、じわじわと頬が熱くなる。

「すまん、許せ。お前がかわいらしいことを言うからだ」

「………」

「テオ。男というものはな、湯浴《ゆあ》みしたての体より、そのままを好む。俺もそうゆえ、気にすることはない」

「えっ、そうなの？」

ああ、とカイルが真面目な顔でうなずく。

わざと作った顔のようで少し引っかかったが、「男というものは――」とまで言うのなら、本当のことなのだろう。相変わらずテオは、閨《ねや》のことになるとまるで分からない。またひとつ学ぶことができたと感じ入りながら体を寛げ、目の前の逞《たくま》しい肩に腕をまわす。

「お前はかわいらしいな。妓楼《ぎろう》で触れたときから、何ひとつ変わっておらんではないか」

ふふと笑ったカイルがあらためてテオに口づける。

うっとりと目を瞑《つむ》って接吻《せっぷん》の甘さを堪能《たんのう》していると、肌をまさぐっていたカイルの手に下肢《かし》の狭間《はざま》の肉芯《にくしん》を捕らえられた。

「あっ……！」

長い間、離れ離れだったのだ。生白いそれはカイルの手を感じただけでにゅっとそそり立ち、露《つゆ》を滲《にじ》ませる。素直すぎる自分の体の反応にうろたえたのも束の間、ゆるゆると手筒《てづつ》で扱《しご》かれ、頭のなかが桃色に染まった。

「はぁ……ぁっ、ん……はあ」

覚えている、この感じ――。

腰一帯がどうしようもないほど熱く火照《ほて》り、肌が粟立《あわだ》つ。波のように折り重なって押し寄せる、心地好さ。かすれた喘《あえ》ぎがこぼれて体から力が抜ける。それでもつま先だけはびくんびくんとわななき、あっと思ったときには濁液《だくえき》が溢れでていた。

「ご、ごめん……っ」

慌てて体を起こそうとしたのをカイルに止められる。かわりに片方の脚を長椅子の背もたれにかけられ、体をめいっぱい開かされた。

「なぜ謝る。大人しくしておけ。俺は早くお前が欲しい」

言いながら肉芯に唇を寄せられ、舌で白濁《はくだく》を拭《ぬぐ》われる。

根元から鈴口《すずくち》を目指して這う舌に、二度目の快楽を引きだされた。「っ、あ……ぁ」と仰《の》け反《ぞ》り、やわく目を瞑る。とても考えられないようなはずかしい格好をとらされているというのに、蜜口《みつぐち》からとろとろと新しい露が垂《た》れているのが分かる。

カイルはその露を手にまぶすと、指の一本をテオの花蕾《からい》に差し込んだ。

「ひゃ……ぁ、っ」

——この感じも覚えている。

たった一度でも呑み込むと、体に快楽の記憶が刻まれるものなのだろうか。

閉じている肉襞《にくひだ》を探る指に乱され、たちまち吐息が湿る。冬の間、まったく交わっていないのだ。カイルは何度も唾を足し、テオの媚肉《びにく》を念入りにほぐす。

「あっ……ん、は……ぁう」

円を描くように肉壁《にくへき》を撫でられるたび、愉悦《ゆえつ》の輪郭《りんかく》がじょじょにあきらかになっていく。一本また一本と増える指に腰が疼《うず》き、鼻にかかった喘ぎが迸《ほとばし》った。もはや何も考えられず、カイル、カイルと切れ切れに名前を呼ぶ。

「挿《い》れてもよいか?」

頬に触れたささやきにこくこくとうなずくと、カイルが急《せ》いた手で自身の下衣を寛げた。ぬっと天を衝《つ》く怒張《どちょう》に目を奪われたのも束の間、濡れた窄《すぼ》まりにそれをあてがわれる。

ああ、溶けそうなほど熱い。

ぞくっと肌をわななかせたとき、腰を打ちつけられた。怒張がテオの肉襞を割り、ゆっくりと侵入していく。

「はぅっ……ん……！」

久しぶりのまぐわいだからか、カイルはとても慎重だ。一息に最奥《さいおう》を目指すのではなく、ときどき腰をまわし、まだ硬いところを残したテオの媚肉をほぐしにかかる。それがたまらなくいい。丸々とした亀頭《きとう》でぐりぐりと肉壁を押され、「ひゃぁ……あっ……！」とあられもない声が迸る。

カイルと出会ったばかりの頃は、夫婦の交わりなんて想像できないしとんでもないと思っていたが、いまはちがう。男らしく漲《みなぎ》ったものが自分のなかで存在を主張しているのがうれしくて、夢中になってカイルをかき抱く。

好き。大好き。再会できて本当によかった――。

全身から溢れるこの想いがカイルにも伝わったのかもしれない。見つめる眼差しがいっそう熱を帯び、奪うように口づけられる。

「そうきゅうきゅうと締めつけてくれるな。苛《いじ》めたくなる」

「は、ぅう！」

際《きわ》まで引き抜いたものを勢いよく沈められ、言いようのない快感に腰が蕩《とろ》けた。

テオの尻穴はすっかりカイルのものだ。猛《たけ》ったもので肉壁をこそげられるたび、喘いでうねる。体中が熱くなり、絶頂がぐんと近くなった。置いてけぼりを食らわないように必死になってカイルにしがみつく。

「っはあぁ……あ……んっ、ぁ……！」

湧きあがる快感に肌を震わせたとき、テオのなかで怒張が爆《は》ぜた。

蕩けた最奥をしとどに濡らされるのが刺激となり、テオも二つの体のあわいで稚《いとけな》い欲望を解放させる。一度放ったとは思えないほど、大量の子種の汁が出た。

「あ……ふぅ……う」

互いに息が乱れていて言葉は交わせなかったが、満ち足りたのは同じだろう。

カイルの目がすごくやさしい。じっと見つめられながら髪を梳《す》かれるのが照れくさくて、ふっと笑ってしまった。カイルも汗ばんだ顔で笑い、テオの頬に鼻の頭を擦《こす》りつけてくる。

初めて恋をした人に心も体も捧げ、同じように心と体を捧げてもらえる幸せ——。

夫婦になれば、この幸せがいつまでも続く。

眩《まぶ》しいほどの光に満ちた未来が見えるようだった。

＊＊＊＊＊

婚儀と民へのお披露目《ひろめ》は、夏の終わりに行うと正式に決まった。

テオは一度エストラルドへ戻り、長老に家と段々畑を返してから、カイルの許嫁《いいなずけ》として王宮で暮らすことになった。

本来、王太子以外の王子は結婚すると離宮《りきゅう》を建てて、王宮の外で暮らすらしい。けれどシャタールは戦を終えたばかりだ。民に苦しい生活を強《し》いたのにもかかわらず、新しい宮を建てるのはいかがなものかとカイルが難色《なんしょく》を示し、テオもその思いに賛同したので、婚儀を終えたあとも王宮が二人の生活の場となる。

どきどきとわくわくの、新しい日々の始まりだ。

与えられた居室《きょしつ》は三つ。間続きなので扉はない。どの部屋もびっくりするほど広くて、寝所《しんじょ》の寝台にいたっては、五、六人がゆうに寝転がれる代物《しろもの》だ。天蓋《てんがい》の帳《とばり》が布ではなく、連《つら》なった宝珠だということにもおどろいた。小さな青い珠をいくつも繋《つな》いで作られた帳は、寝台を上り下りするたびにシャラン……と軽やかな音を立てる。

「──ねえ、カイル。起きようよ。朝だよ」

テオはとなりで寝そべる獅子《しし》姿のカイルをゆっさゆっさと揺さぶった。

眠るとき、カイルはたいてい獅子になる。どうもそちらのほうが寝やすいらしい。今朝も大きな体を寝台に横たえ、眠たそうにあくびをする。

『お前……田畑の世話もないというのに、なぜにそう早起きなんだ。まだよかろう』

「全然早起きじゃないよ。もうおてんとさまが出てるし、そろそろ女官さんたちが——」

訴えているさなか、廊下からチリンチリンと鈴の鳴る音が聞こえて、びくっとする。

この鈴の音は女官たちによる、『入ってもよろしいでしょうか』というお伺いの合図だ。おそらく朝餉《あさげ》の支度を整えるために入りたいのだろう。

途端におろおろするテオとは裏腹に、カイルは慣れたものだ。のそりと体を起こすと、枕元にある鈴を器用に咥《くわ》え、『よいぞ』という意味でチリンチリンと鳴らす。ほどなくして、となりの部屋に人の入る気配がした。

カイルいわく、『女官とは影のようなもの』らしいのだが、テオにとっては『人』だ。人に世話をされることに慣れていないテオとしては、まったくもって落ち着かない。急いで着替えを済ませ、「おはようございます」と彼女たちの前へ出る。

遅れてカイルもやってきた。いつの間にか人の姿になっていて、「よし、朝餉にするか」と椅子を引く。

シャタールの朝餉の主役はいわゆる麺麹《パン》だ。耀《よう》の国で麺麹というと饅頭《マントウ》だったのだが、シャタールの麺麹は平べったくて大きい。この麺麹に、鶏《とり》の胆《きも》を煮たものや甘辛く味つけされた蔬《そ》菜《さい》などを添えて食べる。

「テオ、しっかり食っておけよ。学びの最中にぐぅぐぅと腹が鳴っては困るだろう」

女官もいる場で言われ、「わ、分かってるよ」と頬を赤くして麺麹にかじりつく。

実はカイルの許嫁として王宮で暮らすようになってから、テオには教育係がついたのだ。サウダル王の側近《そっきん》であり、幼少時代のカイルの教育係でもあったシューイだ。ここのところテオは朝から夕まで、カイルの伴侶に相応《ふさわ》しい人になれるよう、シューイからシャタールの言葉や文化に歴史、行儀作法などを学んでいる。

いままでシューイには「テオ殿」と呼ばれていたのに、カイルの許嫁になってからは「テオさま」と呼ばれるようになり、これも落ち着かない。朝餉を終える頃にはきっとシューイが居室の前へやってきて、チリンチリンと鈴を鳴らすだろう。

一方、カイルのほうは完全に第六王子の立場を取り戻し、国軍の要職に就《つ》いた。軍師のもとで戦法などを学びつつ、国軍のなかでも重要な部隊を取りしきっているらしい。まさに戦う王子だ。戦は二度と起こってほしくないが、たまに鎧《よろい》をつけているカイルを王宮内で見かけると、凱旋《がいせん》パレードで再会した日のことを思いだし、ぽうと頬を染めてしまう。

「さーて、今日もがんばろっと」

テオは麺麭をひとつ腹に収めると、「ごちそうさまでした」と女官たちに頭を下げる。斜向《はすむ》かいにいるカイルが「もうよいのか?」と不思議そうな顔をした。

「お前、王宮で暮らすようになってから、あまり食わなくなったな。エストラルドにいたときはもっと食っておっただろう。味つけが口に合わぬなら、正直に申せ。耀の国風の料理を出すこともできるのだぞ」

一斉に女官たちの視線が自分に向いたことに気づき、「え、やめて！　ちがうから」と慌てて両手を振る。

「エストラルドにいたときのぼくは、毎日畑仕事をしてたでしょ？　いまは勉強の日々だから、そんなにお腹が減らないんだ。シャタールの味つけは好きだよ」

たまたま目についた蒸し団子をぱくっと頬張《ほおば》る。「うん、すごくおいしい」と笑ってみせると、カイルは納得したようだ。「なるほど。それならよい。王宮に畑仕事はないからな」と食事を再開させる。

（よかったぁ……バレなかった）

朝餉を終えて、テオは人知れず息をついた。

カイルに見破られたとおり、最近のテオはあまり食欲がない。シャタールの料理はとてもおいしいと感じるので、おそらく緊張しているせいだ。給仕役の女官たちに見守られるなかで食事をとることに、どうしても慣れることができない。

（しょうがないじゃないか。まだ王宮で暮らし始めて日が浅いし、ぼくはただの農民なんだし）

きっとそのうち、女官の目を気にせずもりもり食べられるようになるだろう。なんといってもこの美しい王宮が、テオとカイルの『家』になったのだから。

――このときテオは、まさか二十日経《た》っても四十日経っても王宮暮らしに慣れることができないなんて、露《つゆ》ほども思っていなかった。

「ほう。なかなかテオさまは優秀でございますね。とても覚えが早くてらっしゃる」

向かいに座ったシューイがにっこりと微笑《ほほえ》む。

「幼い頃のカイルさまとは雲泥《うんでい》の差でございますよ。あの方はまず、両手を揃えて椅子に座ることができませんでしたから」

なんとなく想像できる姿だ。くすっと笑いかけたものの、すぐに唇を引き結び、「そ、そんな、ぼくなんてまだまだです」と肩を窄《すぼ》める。

今日は口頭試問《こうとうしもん》の日だったのだ。だいたい十日に一度の頻度《ひんど》で行われる。つっかえてしまう箇所《かしょ》もままあったが、おおむね正しく答えることができた。

「では今日はこの辺で。明日は王宮の図書室で書物を読むことにいたしましょう」

「承知しました。ありがとうございます」

シューイを見送るために廊下へ出ると、二人の女官が連れ立ってこちらへやってきた。

この二人はテオ専属の女官で、王宮内を移動するときは必ずついてくる。

「テオさま。本日は、ご婚儀の際にお召しになるお衣装のお色合わせがございます。ご案内いたしますので、お支度を」

「あ、そうでしたね。すみません、急ぎます」

身だしなみを確かめたあと、女官に先導されて廊下を歩く。

王宮には渡り廊下で繋がった棟《むね》がいくつもあり、衣装の色合わせが行われるという部屋は、謁見《えっけん》の間のあるもっとも大きな棟にあった。

どきどきしながら扉をくぐると、「おお、来た来た」とカイルに迎えられる。

「ああ、カイル――」

よかった。カイルがすでに来ているのなら、緊張しなくて済む。

ほっとして頬を緩《ゆる》めたのも束《つか》の間、室内に溢れるおびただしい布地の数に息を呑んでしまった。テーブルや長椅子の上にも広げられているし、衣桁《いこう》にもかけられている。

「さて、どの色がよい？　ちなみに俺の衣装の色は定められておる。王子である以上、俺は婚儀ではこの色しか着られん」

カイルが言うと、王宮専属の仕立て人らしき男性がカイルの胸に布をあててみせる。

目が覚めるような青――まさに《シャタールの雫《しずく》》と同じ色だ。

「このシャタールブルーに合う色であれば、何を選んでもよいぞ。ただし、シャタールブルーより濃い色はだめだ。これはしきたりゆえ、守らねばならん」

「そ、そうなんだ……へえ」

ということは、部屋中に広げられたこれらの布地はすべて、テオのためのもの――。

身に余るとはまさにこのことだろう。本来ならばありがたがるべきところだろうに、たちま

ち大波にさらわれる小魚のような気持ちになり、息が苦しくなった。テオが人知れず唾《つば》を飲んでいる間にも、仕立て人たちが次から次へとテオの胸に布地をあてがい、「こちらのお色はいかがでしょうか」「とてもお美しゅうございますよ」とカイルに訊く。

「うむ。悪くないな。テオ、お前はどうだ」

「ぼ、ぼくはその……なんでもいいよ。カイルが決めてくれたら」

答えた途端、カイルに髪の毛を揉《も》みくちゃにされた。

「なんでもいいという返答はなかろう。俺とお前の婚儀なのだぞ？　そう難しく考えるな。まずは好きな色を選べ」

「あ、うん……だね。えっと、じゃあ——」

布地の大海原を見まわしたとき、扉の辺りがざわめいた。

仕立て人たちが一斉に姿勢を低くして頭を下げる。もしやと思って振り向くと、女官を連れた王妃がこちらへやってくるのが見えた。慌ててテオも頭を下げる。

「どうしたのですか、母上。私とテオは婚礼衣装の色選びを始めたばかりですよ」

カイルが眉をひそめるも、王妃はどこ吹く風だ。

「よいではないですか、少しくらい邪魔をしても。ねえ、テオ」

「ええ、はい。もちろんです」

カイルの許嫁になってから、王と王妃とは何度も晩餐《ばんさん》をともにしている。特に王妃は、右も左も分からないテオのことを気にかけてくれるやさしい人だ。だからといって、身構えずに話せるわけではない。そうこうしているうちに王までやってきて、一気に緊張した。

テオが心得ている以上に、王子の婚儀とは大きな行事なのだろう。五人いるカイルの兄たちはまだ誰も妻を娶《めと》っていないので、当然かもしれない。皆の前で衣装の色を選び、ほどこす刺《し》繍《しゅう》を決めたときには気疲れが頂点に達し、へとへとになっていた。

「あなたに似合うすてきな色があって安心したわ。婚儀の日に備えて、くれぐれも体に気をつけるのですよ」

「はい。ありがとうございます」

王に続いて部屋を出る王妃を見送ったあと、テオはうっかりため息をついてしまった。

それも長い長いため息だ。すかさずカイルが「大丈夫か？」と覗き込んでくる。

「王と王妃の前ゆえ、気を張っておったのだろう。俺も二人が来るとは聞いていなかったのだ。おどろかせてすまなかった」

「あ、ううん。平気。ちょっとどきどきしただけだから」

すぐに笑ってみせたものの、カイルの視線は離れない。

「テオ。顔色がよくないぞ。このあと、またシューイのもとで学ぶのか？」

「今日はもう終わったよ。あとは居室へ帰るだけ」

「そうか。ならば寝所で横になっておけ。その顔色の悪さが心配だ。俺はいったん職務へ戻らねばならんが、早めに帰る」

きっと緊張したせいで、顔から血の気《け》が引いてしまったのだろう。体の反応は正直で困る。

「大丈夫だよ、ありがとう」と口角《こうかく》を持ちあげ、別の棟へ向かうカイルを見送る。

（ぼくはもうちょっとうまくやれるようにならないとだめだな）

来たときと同じように二人の女官について回廊を歩いていると、ふいに心地好い風に頬を撫でられた。考えるより先に、「あの――」と二人の背中に声をかける。

「少し風に当たりたいので、中庭へ出てもいいですか？」

途端にどちらの女官にも戸惑った表情をされ、はっとして上下の唇を巻き込む。

どこかおかしなところでもあるのか、ときどきテオはこんなふうに女官を困惑させてしまう。カイルのようにさらりと声をかけることができないのだ。「すみません……でも少しだけですから」と頭を下げ、小走りになって中庭へ出る。

目についた木陰に飛び込み、石造りの腰かけに座ると、やっと息ができた気がした。

春から夏へ近づこうとしている空は、夕暮れどきでもまだ明るい。さまざまな思いが泡《あわ》のように湧きあがってきたが、あえてそれには向き合わず、夕陽に照らされる噴水をじっと見る。

どれほどそうしていただろう。ふと上を向くと、空にはばたく鳥の影が見えた。

もしかして鴉だろうか。咄嗟《とっさ》に立ちあがり、「おおーい」と両手を振ってみる。

『お！　テオじゃねえか。久しぶりだな』

「やっぱり鴉だー！　よかった、会いたいって思ってたんだ」

途端に笑顔になる、自分の単純さが好きだ。

『ったく、毎日暑いよな。こんなじゃ、焼き鳥になっちまう』

ぶつくさと文句を垂《た》れながら、噴水の池で水浴びを始めた鴉に付き合い、テオもその羽に水をかけてやる。きらきらした水飛沫《みずしぶき》が上がった。

『まさかテオが王宮で暮らすようになるとはなぁ。カイルに嫁《とつ》げば、テオも王族の仲間になるんだろう？　カイルの兄貴たちとはうまくやれそうか？』

「んー、分かんないけどがんばるつもりだよ。さすがに立場がちがうから、ぼくからはあまり話しかけられないんだ。でもどのお兄さまもやさしいよ」

五人いるカイルの兄たちは、男子を嫁にしようとする弟と、そのとなりにいるテオに相当おどろいたらしい。初顔合わせの日こそ、ものめずらしげに眺められてしまったが、何度か晩餐会で顔を合わせているうちに、にこやかに声をかけてもらえるようになった。

つい先日の晩餐会では、「お前たちは仲がよいのだな。なかなか似合っておる」と笑いながら言われたので、それなりに認めてくれているのだろう。

『そうだ、テオ。市中じゃ、カイルの伴侶は男子らしいってすでに噂が広まってるぞ』

「もう？　早くない？　ぼくのお披露目、まだ先だよ」

『人の口は軽いからな。テオは、聖獣《せいじゅう》・赤獅子が見つけた『天の子』だってさ。天の子は大陸で唯一の存在だから、男子だろうが何だろうが関係ないらしい。カイルと赤獅子は天の子から力をもらって、ますます強く聡明になるってよ』

「えー？　その噂、なんかおかしくない？　ぼくが神がかった存在みたいに聞こえるよ？」

感じたままを口にすると、『ばっかだなぁ』と鴉に呆れられた。

『この噂はな、おそらくサウダルさまの命《めい》を受けたやつが広めてるんだ。考えてみろ。一国の王子と農民、なおかつ男同士で、婚儀なんかできると思うか？　サウダルさまは息子の結婚が民に祝福されるものになるように、下地を作ってるんだよ』

ああ、そういうことか――。

腑《ふ》に落ちたのと同時に、胸がぎゅっと絞《しぼ》られるように苦しくなった。

思えば部屋中に溢れ返る布地を見たときもそうだった。こつこつと自分らしい足取りで前へ進んでいきたいのにもかかわらず、いまのテオにはそれができていない。想像を超えるものを次から次へと目の前に差しだされ、足を竦《すく》ませて慄《おのの》くばかりだ。

『んだよ、気に入らないのか？　カイルはとんだクソ野郎を返上《へんじょう》して、真面目に職務に励《はげ》んでるんだ。あながち、でたらめでもないだろ』

「まあ、うん……そうだけど」

動悸《どうき》のし始めた胸をさりげなくさすっていると、近くの木に三羽の鴉が飛んできた。それぞれ首を傾《かし》げるようにして、こちらの様子を窺っている。

「もしかしてあの子たち、鴉の友達？」

『うん？　――ああ、最近仲よくなったんだ。気の合うやつらでさ、よくつるんで遊んでる』

鴉は『カァ』と一鳴きすると、テオには『じゃあまたな』と言い残して、飛び立つ。木にとまっていた三羽も鴉に続いて飛んでいった。

夕暮れの空に消えていく四羽の姿を眺めたあと、テオはもといた木陰の腰かけに戻った。

（なんか……ぼくは本当にだめだな）

ともに旅をしてきた鴉ですらシャタールでの生活を満喫しているというのに、自分はどうだろう。王宮で暮らし始めてから結構な日数が経つというのに、いまだに慣れることができない。初めて王宮に足を踏み入れたときの緊張が、ずっと続いている有様だ。

（でも、慣れなきゃいけないんだよな。ぼくはカイルの伴侶になるんだから）

細くため息をつき、足許《あしもと》に茂る芝草に目を落とす。

カイルの許嫁になってすぐの頃、草の感触を味わいたくて、裸足《はだし》になってこの中庭を歩いたことがある。とてもいい気晴らしになったと喜んだのも束の間、慌てふためいた女官たちに足を隅々まで洗われておどろいた。

そのときに知ったのだ。この王宮にテオが自《みず》ら水を汲《く》める井戸はないのだと。

行儀よく、大人しく、誰にも迷惑をかけないようにしなければ――。

そう意識すればするほど、心が縮《ちぢ》こまっていく。

テオがおかしな振る舞いをすれば、非難を受けるのはカイルだ。もちろん面と向かって王子であるカイルを誹《そし》る者はいないだろう。それでも陰で「どうしてカイルさまは、あのような田舎者の男子を伴侶になどとお考えになったのだろう」と侍従《じじゅう》や女官にささやかれでもしたら、テオはとても耐えられない。

ふっと涙がせり上がり、慌てて息を整える。

――テオは小さな幸せを拾い集め、作物を育てる日々に喜びを感じ、慎《つつま》しく生きております。

カイルは王との謁見の際、そう言った。

果たしてここにいる自分は、カイルの愛したテオなのだろうか。

テオが貧しくても笑顔で過ごすことができていたのは、日々に彩《いろど》りがあったからだ。テオにとっての彩りは、宝珠や豪華な晩餐などではない。どこまでも続く空だったり、青々とした田畑の風景、風の音や鳥のさえずり、実りをもたらす雨だ。季節を肌で感じながら、この大地に両足をつけて生きているという実感が、テオをいつも強くした。

だけど王宮にあるものは……とつい考えてしまい、咄嗟に首を横に振る。

分かっている。いまはカイルの伴侶になるために、学ばなければいけない時期だ。

(でも、学び終えたら――?)

自分はいったいどうなるのだろう。

たちまち心が曇《くも》り、こらえていた涙がついに粒となって頬を伝った。

きっともう、テオは田畑を耕《たがや》す生活には戻れない。

戻れるわけがないのだ。カイルは戦う王子として王国の重要な職務に就いたのだから、テオが作物を育てて、カイルが狩りをして二人で暮らすなんて、夢のまた夢だ。

むしろ、そんな生活を夢見ていては、カイルを困らせることになる。婚儀の許しを王から得たとき、『俺は王子でお前は伴侶。これで安穏《あんのん》な暮らしが手に入る』と安堵の笑みを浮かべたカイルをテオは忘れていない。

「――よし、がんばるぞ」

あえて声に出し、握り拳《こぶし》を作る。

「作物を育てるんじゃない、カイルを支えることがぼくの役割になったんだ。ここでがんばらないで、いつがんばるんだよ」

そろそろ居室へ戻らなければカイルが帰ってくる。濡れた頬を拭《ぬぐ》って立ちあがり、回廊で待つ女官のもとへ向かう。

（あれ……？　なんか変だな）

力を込めてまばたきしたのは、視界が暗くなったような気がしたからだ。

おかしいな、おかしいなと思っているうちに、辺りがどんどん暗くなる。その上、なぜか膝に力が入らない。畑仕事で鍛《きた》えた足腰だというのに、一歩進むごとに大きく体が揺らめく。

「テオさま？　テオさま！　いかがなされましたか！」

二人の女官が血相《けっそう》を変えて駆けてくる。

すみません、なんかうまく歩けなくて。――言おうと思った言葉は、声にならなかった。辺りが一気に暗闇になり、どさっと芝草の上に倒れる。

むんとする草いきれを感じたのを最後に、テオは意識を手放した。


「大丈夫か、テオ」

まぶたを持ちあげた途端にカイルと対面し、「……あ……」と呟く。

居室の寝台の上だ。いつの間にか夜になっていて、燭台《しょくだい》の明かりが掛布《かけふ》を照らしている。

体を起こそうとしたものの、泥土《でいど》がつまったように重くてうまくいかない。帳の向こうで控える女官たちの不安そうな様子を目にして、ああ、ぼくは中庭で倒れたんだなと理解した。

医師の診断によると、

「お胸の音に大きな乱れはございません。おそらくお疲れをためておられたのでしょう。精のつくものを召しあがり、しばらくはごゆるりとお過ごしになられたほうがよいかと存じます」

――ということらしい。

カイルが人払いをし、二人きりになった。

「ったく」

太いため息とともに伸びてきた手が、テオの前髪をかき上げる。

「無理をしておったのだな。ここしばらくお前の表情が硬い気がして、引っかかっておったのだ。なぜ俺に言わん」

「ごめんなさい……迷惑かけて」

「謝ることではないわ。お前、王宮暮らしが肌に合わぬのであろう」

あっさり見抜かれてしまい、息を呑んだ。

たちまちカイルを映す眸《ひとみ》が揺れる。

「そ、そんなことない。いままでとちがいすぎて、なかなか慣れないだけだよ。ぼくはカイルと生きていくって決めてるから、ちゃんとがんばれる」

「身も心も削《けず》ってまでか？　馬鹿馬鹿しい。俺はそのようなこと、お前に求めておらん。本当はどうしたい。正直に申してみろ」

まっすぐな目で問われた刹那《せつな》、心のなかで風が吹いた気がした。

この風は――そう、エストラルドの風だ。

夏でも涼やかな風に横髪をくすぐられながら、テオはいつも段々畑の手入れをしていた。

狩りに出かけるカイルを見送って、カイルの大好きな芋雑炊《いもぞうすい》を作り、天気のよいときは裏山の緑陰《りょくいん》で二人で寛《くつろ》いだ、あの日々。まだ心を交わす前だったのにもかかわらず、毎日幸せで幸せで、自分がどれほど笑顔だったか、鏡を見ていなくても分かる。

「カイル。ぼく、本当はね、――」

思い出に誘われて、うっかり口をついて出そうになった。王宮を出て暮らしたい、野や田のあるところがいい、と。

はっとして口を噤《つぐ》んだテオを、カイルが不思議そうに見る。

「どうした。遠慮はいらんぞ。申してみろ」

「ううん、なんでもない。ぼく、王宮でいいよ。王さまにも王妃さまにも、十分すぎるほどよくしてもらってるから」

言いながら、涙がこみ上げてきた。

これでは秘めた願いがあるのだとカイルに見破られてしまう。すぐに目許《めもと》を拭い、「大丈夫だよ」と笑ってみせる。

「お前なぁ――」

顔をしかめたカイルが、テオの額《ひたい》を中指の背でぺちんと叩く。

「俺とお前は夫婦になるのだぞ？　亭主に本音を語れぬとはどういうことだ。夫婦とは心を分かち合うものではないのか？　なぜ隠す」

真剣な口調で諫《いさ》められても、言えないものは言えない。

テオが本音を口にすれば、カイルはおどろき、戸惑うだろう。それどころか、呆れるかもしれない。「お前は一国の王子に嫁ぐことをどう思っておったのだ。覚悟が足りなかったのではないのか」と。

「ごめんなさい……本当に心配しないで。涙が出たのは疲れてるせいだよ。ちょっと休めば、ちゃんと元気になる。いつものぼくに戻るから」

「あくまで願いはないと言い張るのだな。ならばテオ、俺はこの先のことを予定どおり進めていくぞ。婚儀は行う。民へのお披露目もだ。それから前にも申したとおり、戦のあとゆえ、離宮は建てん。それでもよいのだな？」

これは最後通告なのかもしれない。カイルの強い眼差しがテオを射貫《いぬ》く。

また胸のなかで風が吹いた気がした。

今度は雪まじりの冷たい風だ。空を見上げても、一筋の陽射しも見つけることのできなかった、エストラルドの冬――。

たちまち分厚《ぶあつ》い雪雲が心に立ち込める気がして、絞りだす声が震える。

「だ、大丈夫……ぼくはカイルが大好きだからついていく。がんばるって決めてるんだ」

涙で潤《うる》んだ眸では伝わらないかもしれないが、これはこれでテオの本心だ。

カイルがやれやれと言わんばかりにうなじをかき、ため息をつく。

「まったく頑固《がんこ》なやつめ。もうよい、しばらく勉強はお預けだ。ゆっくり養生《ようじょう》して、体と心の調子を整えろ」

カイルはテオの掛布を直すと、寝所を出ていく。おそらく王と王妃にテオが目覚めたことを知らせに行くのだろう。

これでよかったのだろうか。寄り添おうとしてくれたカイルの気持ちをはねつけたようで不安になったものの、困らせることが分かっている以上、やはり心のなかは明かせない。テオはすんすんと洟《はな》をすすりながら、いつの間にか眠りに落ちていた。


三日ほど寝所で横になって過ごすと、ずいぶんと体が楽になった。

カイルは時間の許す限り、テオの側《そば》にいてくれて、粥《かゆ》を一匙《さじ》ずつ食べさせてくれたり、眠りに落ちるまで髪を撫でてくれたりした。

穏やかに過ぎていく時間のなかで、久しぶりにカイルとたくさんの話をしたような気がする。テオに笑顔が戻っても、「さて、お前はこの先どうしたい？」とは一度も訊かず、思い出話ばかり振ってきたのは、カイルのやさしさだろう。大陸を旅するなかで楽しかったことを順に言い合って、夜遅くまで二人でくつくつと笑った。

だからこそ、心の奥に沈む憂鬱《ゆううつ》のかけらを言葉にすることができたのかもしれない。

「ぼくね、カイルの許嫁になってから、自分らしく行動できなくなった気がするんだ。すごく人の目が気になるんだよ。だってぼくがおかしなことをしたら、カイルもおかしいって思われるでしょ？」

「お前、そのようなことを気にしておったのか」

カイルは大きく目を瞠《みは》ると、テオの憂鬱を豪快に笑い飛ばした。

「日々、真面目に学んでいるお前を誰が悪く言う。少々おかしな振る舞いをしたところで、獅子にされる前の俺にかなうものか。俺は貴族の放蕩《ほうとう》息子たちと徒党《ととう》を組んで、悪さばかりしていたからな。お前が何をやらかしたところで、おどろくやつなど王宮にはおらんぞ」

「そ、そう、なの？」

「そりゃそうだろう。昔の俺くらい、あれやこれやとやらかすようになってから、そのようなことは心配すればよい。ま、お前の場合、百年かけても悪童にはなれんだろうが」

さも可笑《おか》しそうに笑われると、すべて杞憂のような気がしてきた。

だったらと思い、女官についても訊いてみる。

「なんかときどき、戸惑った顔をされるんだ。自分じゃ何がだめなのか分からなくて……」

するとカイルがめずらしく、ぽかんと口を半開きにした。

「お前、それはな、指示をせんからだ」

「……指示？」

「すまん、最初に教えてやればよかったな。女官とは主《あるじ》に仕《つか》えるのが職務であろう？　主が何々してもよいかと尋ねたところで、女官には答えられん。指示をせねばならんのだ」

――まさかこれほど単純な答えだったとは。

謎が解けるとさっそく試してみたくなり、体が完全に回復した六日目、テオは図書室から帰る途中、「あのっ」と女官の背中に声をかけた。

「はい。なんでございましょう」

足を止めた二人がこちらへ向くのを待ってから、ごくりと唾を飲む。

「えっと、ぼくはしばらく中庭で過ごします。居室へはひとりで戻れますので、お二人は控えの間に帰っていてください」

困った顔をされるどころか、見事に揃った声で「承知いたしました」と返ってきて、腹の底から喜びがこみ上げた。

(やった……！　できたぞ、できた！　こういう感じでいいのか……！)

眸に映る風景が一瞬で鮮《あざ》やかになった気がした。思わず小躍《こおど》りしながら庭へ出る。

些細《ささい》なこととはいえ、カイルに話してみてよかった。やはりひとりでは見つけられない答えというものがあるのだ。

(よかった。これで王宮暮らしが少し楽になる)

頬を緩めて木々の緑を眺めていると、カイルが渡り廊下を行くのが見えた。

テオが気づいたようにカイルも気づいたらしい。はっとして足を止めると、手すりから身を乗りだす。

「テオ！　ちょうどよかった。お前に話がある。そこで待っていてくれ」

なんだろうと思いつつ、分かったという意味で両手を大きく振る。

カイルはすぐに中庭へやってきた。

「実はな、テオ。王に任務替えを申し出ておったのだ。先ほど返事を聞き、どうも了承されそうな気配だ。正式な命《めい》を頂戴《ちょうだい》する前に、お前の心を確かめたい」

「任務替え？　……じゃあ国軍の仕事は辞めるってこと？」

「いや、すっぱりは辞められん。しかしこれからは手伝い程度になるだろう。もとより俺は単に喧嘩が強いだけで、軍の要職に就けるような器《うつわ》ではないのだ。確かに先の戦では手柄をあげたが、一等の兵士たちのように鍛練《たんれん》を積んできたわけではないからな」

というと、戦う王子として国軍にも関わりつつ、主となる職務を新しく担《にな》うということだろうか。それもカイル自身が望んだことのようだ。

いったいどんな職務だろう。テオがまばたきを繰り返していると、カイルが言った。

「シャタールの南部にヤラという地がある。ヤラには国の所有する田畑があって、シャタールの風土に合う農作物の新品種を生みだしたり、備蓄《びちく》用の穀物《こくもつ》を育てたりしているのだ。その田畑は、王族出身の者が代々管理する習わしなのだが、戦の最中に前任者が病で亡くなり、いまは専従の農夫たちだけで田畑を維持《いじ》している。俺はその田畑の管理と世話がしたいと、王に申し出た」

田畑――。

聞きまちがえではない。確かにカイルは『田畑』と言った。

「ま、待って。田畑があるの？　シャタール王国の田畑が？」

「ああ、ある。かなりでかいぞ。この王宮がすっぽり収まるくらいのでかさだ」

興奮とおどろきでたちまち頬が紅潮《こうちょう》した。

国が所有する、田畑の管理と世話。それがカイルの新しい職務になるかもしれない――。

もしかして夢でも見ているのだろうか。慣れない王宮から一足飛びに虹色の雲の浮かぶ天空へ連れていかれた気がして、まん丸に瞠った目で佇《たたず》む。

「どうする、テオ。まずは王国の田畑を見てみるか？」

「いいの⁉」

「当たり前だ。俺はお前の返事が知りたい。いまからなら日暮れに間に合うぞ」

だったらと力強くうなずくと、カイルがすぐさま赤獅子の姿に変わる。

『お前を乗せて駆けるのは久しぶりだ。振り落とされぬよう、しっかり摑まっておけよ』

「――うん！」

カイルが赤獅子の王子であることは、シャタールでは周知の事実だ。

さすがに近衛兵《このえ》たちは「そ、そのようなお姿でいったいどこへ……！」と慌てていたが、カイルは構わず門を突破し、王都の通りを駆ける。テオの背中には「わあ、カイルさまだ！」とはしゃぐ子どもたちの声が届いては、風にまぎれて消えていく。

王都には八つの城門があり、カイルが選んだのは南東の城門だった。

城門を抜けてしばらく走ると、低い山の連なる風景が見えてくる。華やぎのある王都とはちがい、牧歌的な雰囲気だ。町はこぢんまりしていて、商店よりも民家のほうが多い。さらに行くと、民家より田畑のほうが多くなる。

『この辺りがヤラだ。ヤラに宝珠の出る鉱山はないが、かわりに豊かな緑がある』

「へえ、きれいなところだね。空気が澄んでる」

目をきらきらさせて視界に映るものすべてを受け止めていると、カイルが傾斜《けいしゃ》のある道を登り始めた。山と呼ぶほどの高さはないようなので、丘だろうか。カイルは夏草の茂る道をぐんぐん登っていく。

ふいに視界が開けた。

テオを背中から降ろしたカイルが、人の姿に変わる。

「着いたぞ。見えるか？　あれが王国の田畑だ」

——麓《ふもと》へ視線を向けたときの感動を、テオはきっと生涯忘れないだろう。

美しい黄金色《きんいろ》の野だ。おてんとさまの光をそのまま映したかのような光景が、麓一帯に広がっている。この時季に穂を黄金色に染める作物というと、麦にちがいない。複数の品種を育てているのか、区画ごとに穂の色合いが微妙に異なっている。麦の他に米や蔬菜も作っているようで、青々とした野も見える。

息を呑んで見渡すなか、向かいの丘の中腹に白亜《はくあ》の建物を見つけた。

「カイル、あれは？」

「ヤラの宮だ。前任の王族かその前の王族が建てたものらしい。先日なかを見せてもらったが、こまめに手を加えているせいか、そう古さは感じなかったぞ。もし俺がこの田畑を守る役目に就けば、あの宮に住むことになる」

「えっ、あそこに……!?」

もちろん、テオは今日初めてヤラの宮を目にする。それも遠目なので外観くらいしか分からない。にもかかわらず、カイルと向かい合って麺麭《パン》を頬張る様子や、こぢんまりとした寝台で仲よく並んで眠る様子、朝焼けに照らされる麦畑を二人で眺める様子が次々と頭に浮かぶ。

途端に胸が高鳴るのを感じていると、となりでカイルが言った。

「俺は王宮を出て、ヤラの地で暮らすのも悪くないなと考えている。しかし困ったことに俺は田畑の世話をしたことがない。これが麦畑だということも側近に訊いて知ったのだ。お前の支えなしではとても新しい職務はつとまらん。できれば俺に力を貸してほしい」

「待って。それってぼくもカイルといっしょに田畑のお世話をしてもいいってこと？」

「ああ。二人で専従の農夫たちに教わりながら、ここで穀物を育てていければよいと願っている」

そうか、そういうことかとまぶたが熱くなり、涙が浮かんだ。

どうやっても新しい生活に慣れないテオを王宮の外へ連れだすために、カイルは王に職務替えの申し出をしたにちがいない。「大丈夫、がんばるって決めてる」と訴えたテオだが、心の奥に隠した本音など、カイルはお見通しだったのだ。

「どうしよう、頭のなかが真っ白だ……。ごめん、カイル、ぼくのために……」

「よせ、泣くな。お前のためではない、二人のためだ」

カイルがテオの頬を両手で挟む。

「テオ、俺は――」

言いかけたものの、続く言葉はない。

不思議に思って見上げたとき、カイルも涙ぐんでいることに気がついた。カイルは波打つ心を抑えつけるように眉間《みけん》に力を込めると、テオの額に額をくっつけてくる。

「俺は朗《ほが》らかに笑っているお前が愛《いと》おしい。それゆえお前の表情が暗いと、落ち着かん。俺はお前を苦しめるために求婚したわけではないのだ。俺の願いはただひとつ、お前と仲睦《むつ》まじく歳を重ねていくことだ。お前は俺の立場をおもんばかって胸の内を隠したのやもしれんが、俺は王子である前に、お前を愛するただの男であることを忘れるな」

「カイル……」

こくんとうなずくと、目にたまった涙がこぼれた。

これは悲しい涙ではない。うれしいときに流れる涙だ。

初めて王宮に足を踏み入れた日から、テオはいったいどれほど緊張していただろう。自分の足でどうにか踏ん張ろうにもうまくいかず、重圧感を覚えるたびに心が削られていった。

小さく形を変え、もはや最後のひとかけらに過ぎなかったそれが、カイルのひたむきな想いに触れて、ふっくらとした丸みと厚みを取り戻していくのが分かる。

「ありがとう、カイル。ぼく、ここがいい。ヤラで暮らしたいよ」

「気に入ったか」

「うん、とっても。野山があってのどかなところが好きなんだ」

「だろうな。二人で思い出話をしたとき、お前はエストラルドで暮らした日々のことばかり楽しげに語っておった。お前の幸せは大地の息吹《いぶき》とともにあるのだな。俺にとってもあの日々は、かけがえのないほど幸せなものだった」

カイルはテオの涙を払うと、抱きあげる。

「もうひとりでため込んではならんぞ。前に道がなければ拓《ひら》けばよいのだ。俺は最善を尽くす。分かったな」

「はい」

心を隠して強がると、大切な人を苦しませてしまうのだと初めて知った。

もしかして今日こそが始まりの日なのかもしれない。

暮れかけの陽は麦の穂波と同じ、黄金色だ。きっとカイルの心もこんな色だろう。やさしくて尊《とうと》いその色に、体中を包まれるような気がした。

＊＊＊＊

二人の気持ちがひとつになると、話は早い。サウダル王から正式な命《めい》を頂戴《ちょうだい》した翌日、テオはカイルとともにさっそく引っ越し作業を始めることにした。

王にその旨《むね》を伝えたところ、「ずいぶん急ぐのだな。まるで逃げるようではないか」と言われ、ぎくっとしたものの、カイルは澄ましたものだ。

「もしや父上は麦の刈り入れ期をご存じないと？　まさにいまでございますよ。ただちに体制を整えて収穫に臨《のぞ》まなければ、今日までの農夫たちの努力が無に返ってしまいます。私には時間がないのです」

堂々とそう言い放ち、王を絶句させていた。

「おどろいた……おどろいたぞ、カイル。お前はまことに生まれ変わったのだな。もはや昔の面影を探そうにも見つけられぬほどだ。田畑の管理は任せるゆえ、しかとつとめるように」

謁見《えっけん》の間を出たあと、カイルが「――な？」と悪童の顔でテオにささやく。

「この世は、お前が考えるほど小難しいものではないのだ。さっさと俺に心の内を打ち明けておれば、もっと早く楽になったのだぞ」

「だね。やっぱりカイルはすごいや。ぼくとは全然ちがう」

「何を言う。できぬことは補《おぎな》い合えばよい。お前にはお前のよいところがたくさんある」

カイルがさらりと言い、テオの耳をむぎゅっと捻《ひね》る。

互いの心と体以外に持っていきたいものはなかったので、引っ越しは馬車一台で事足りた。

『おおー、クソ田舎で最高だな。ここだと食うものに困らねえ』

ちゃっかりついてきた鴉《からす》が嬉々《きき》として田畑の上空へ舞う。

ヤラの宮は翼を広げた鳥のような形をしており、中央には広間と食堂が、向かって右手側には厨房《ちゅうぼう》を始め、下働きの者たちが用をこなす部屋が集《つど》っていた。カイルと暮らすのに使うのは、左手側のすべての部屋らしい。

「すごい、五つも部屋がある！　どう使おうか迷うね。あっ、湯殿《ゆどの》もあるみたい」

弾《はず》んだ足取りで居室《きょしつ》を見てまわるなか、こぢんまりとした厨房を見つけた。

「ねえねえ、カイル。これはぼくが使っていい厨房なのかな？」

「そうだろう。人に頼まずともちょっとした煮炊《にた》きができるように、この宮を建てた王族が備えたのではないか？」

ということは、畑仕事のない雨の日に、カイルのために食事を作ることができる。

テオの頭にカイルの好物、芋雑炊《いもぞうすい》が浮かんだ。おそらくカイルも思い浮かべたにちがいない。

テオの肩を抱くと、「俺はな、鶏《にわとり》の卵を落としたやつがたまらなく好きだ」と、まるで愛をささやくような表情で伝えてくる。

その真面目な顔が可笑《おか》しくて、テオはぷっと噴きだした。

「ぼくの芋雑炊でよければいつでも作るよ。いっそのこと、鶏も飼おうか？」

「おっ、名案だな。飼おう飼おう。俺は新鮮な卵が食いたい」

「カイルはほんと、卵が大好きだね」

まさか自分がこれほど笑うとは、少し前は想像もしていなかった。

シャタールのヤラとエストラルドでは気候がちがう。もちろん眸《ひとみ》に映る景色もだ。それでも幸せだったあの日々と今日が一本道で繋《つな》がったような気がして心が躍《おど》る。

ありがたいことにヤラの宮には、前任の王族に仕《つか》えていた女官や侍女がそのまま残っていた。

彼女たちは一日も早く後任の主《あるじ》さまがこの地へやってきてくれますようにと願いを込めて、宮の手入れを欠かさなかったらしい。おかげでこまごましたものを揃える程度の手間しかかからず、テオとカイルは五日も経《た》たないうちに、ヤラの宮で新生活を始めることができた。

「――よかったぁ。ぼくはすっごく幸せだ」

しみじみ呟きながら、テオは田畑から宮へと続く小道を歩く。

「もう用のない限り、王宮へは出向かんぞ。この地でやっていけそうか？」

カイルの問いに、「うん、大丈夫！」と力強くうなずく。

生活の目処《めど》が立ったこともあり、晴れて今日、テオはカイルの許嫁《いいなずけ》として、専従の農夫たちに紹介されたのだ。

『どうやらカイルさまのお相手は、天の子と呼ばれる男子らしい』

例の噂はとっくにヤラにも届いているようだったが、やはり許嫁本人と対面すると、驚嘆《きょうたん》するものなのだろう。大勢の農夫たちに色の異なる左右の目はもちろん、ねずみ色の髪までしげしげと眺められ、テオが居心地の悪さを感じたのは束《つか》の間だった。

「ぼく、こんな変わった見た目ですけど、皆さんと同じ農民です。耀《よう》の国では、お米と豆と芋と蔬菜《そさい》を作ってました。麦は育てたことがないので、どうかご指導のほどよろしくお願いします。カイルさまといっしょに誠心誠意がんばります」

テオがぺこりと頭を下げるとなぜかどよめきが広がり、場の雰囲気が変わった。

あとになって知ったのだが、前任の王族は馬に乗ってときどき田畑を見まわる程度で、指示はしても農作業をすることはなかったらしい。その妻にいたっては、宮にやってきた日から亡くなるまで、農夫の前に姿を現すことすらなかったのだとか。

ところがカイルは自《みずか》ら鎌《かま》を手にして、麦の刈り入れ作業を行う。テオも同じくだ。もちろん二人とも、汗と土で顔が汚れようが気にしない。農夫たちは第六王子と天の子の姿にひどくおどろいたようで、農作業を通じて一気に打ち解けることができた。

「皆よ。言っておくが、今日限りのことではないぞ。俺はテオとともに作物を育てるためにヤラの地に赴任《ふにん》したのだ。明日もよろしく頼む」

カイルが作業の終わりに告げると、大きな拍手が起こったほどだ。

テオはまだシューイに教わることが少し残っているため、畑仕事に専念できないのが残念だ。とはいえ、王都から離れた地に居を構えた以上、いままでどおり学ぶのは難しい。シューイが三日に一度、ヤラの宮へ来てくれることになったので、しばらくは畑仕事をしつつ勉強もしつつという日々になるだろう。

(早くしっかり働きたいなぁ。ああでも、勉強も大事だからそっちもがんばらないと)

あれこれと思いを巡らせているうちに、カイルに後《おく》れをとってしまった。ずいぶん先のほうから、「おおい、テオ」と呼ばれる。

「何をちんたらしておる。俺は汗を洗い流すぞ。今日はよく働いた」

「あ、待って。ぼくも行くー」

人の目を気にせずに大きな声を出せるのも、周りに山と田畑しかないからだ。テオは思いきり頬をほころばせて、カイルを追いかけた。

「わあ、すごくきれいだね……！」

今夜初めて使う湯殿の湯には、たくさんの花が浮かべられていた。

きっと侍女たちの心くばりだろう。さっそく湯浴《ゆあ》み用の薄衣《うすぎぬ》を身にまとい、カイルと並んで湯に浸《つ》かる。

ゆらゆらと漂う花がかわいらしくて、自然と笑みがこぼれでる。両手で掬《すく》ってみたり、花で肌を撫でてみたりと遊んでいると、カイルに肩を抱かれた。顔を向けた拍子《ひょうし》にちゅっと頬に口づけられる。

「お前が元気になって安心した。やはり笑っているほうがかわいらしいわ」

「そんな、カイルが尽力《じんりょく》してくれたおかげだよ。本当にありがとう」

お返しとばかりにテオもその頬に口づける。ふふとカイルが笑った。

「まことに俺のおかげだと思っておるのなら、花嫁から褒美《ほうび》を頂戴《ちょうだい》したいな」

「ご褒美？」

一国の王子さまに差しあげられるようなものをテオは持っていない。何がいいかなとしばらく頭を捻り、「あっ」と声を上げる。

「芋雑炊、作ろっか。カイルがお腹いっぱい食べられるように、たーくさん」

てっきり「おおー」と喜んでもらえるかと思いきや、意外なことに眉をひそめられてしまった。「え、だめだった？」ときょとんとすると、カイルが「お前なぁ」と息をつき、テオの下唇に噛みついてくる。

「この流れでなぜ分からん。もっとこう、色気のある褒美だろうが」

「いてててて！　……分かるわけないじゃん。だってぼく、何も持ってな――」

「持っていない？　ならばこれは何だ」

カイルがテオの胸に手を這わす。

湯のなかだ。薄衣はすでに濡れ、肌にまとわりついている。カイルは薄衣から透けている花《はな》芽《め》を見つけると、親指の腹で撫で始めた。

「見ろ。桃色の莢果《きょうか》だ。俺にこれは差しだせぬと？」

（きょ、莢果って……お豆？　――あっ）

はずかしながらやっと、色気のある褒美の意味が分かった。

思えばここのところ、テオは心身の調子を崩していたので、カイルに応《こた》えられていない。けれど心も体も元気を取り戻したいま、睦《むつ》みたい思いがむくむくとこみ上げる。

「こ、このお豆は、ご褒美にはならないよ。だってその、とっくにカイルのものだから」

「おっ、どうした。お前にしては気の利いた返しをするではないか。俺のものなら、遠慮なく頂戴するぞ？」

赤い顔でうんとうなずき、薄衣の前をほんの少し寛《くつろ》げる。

うれしそうに口許《くちもと》を緩《ゆる》めたカイルが右の莢果に吸いついてきた。

「っ……ぁ」

ぴりっとした疼痛《とうつう》は、すぐにじれったい心地好さに変わる。

どうしてこれほど小さなものを刺激されただけで、体中に熱が走るのだろう。

乳首を唇で揉《も》みしだかれるたび、肌が小刻みに震える。カイルは左の尖《とが》りもほったらかしにせず、つぶすようにくりくりと摘《つ》まんできた。途端に甘い愉悦《ゆえつ》が下肢《かし》に響き、か細く啼《な》いて身を捩《よじ》らせる。

「よい感じになってきたぞ、ほら」

言われて見おろすと、乳首がひとまわり大きくなっていた。

本当に莢果のようだ。濡れてぽってりと赤く色づき、なんだかいやらしい。カイルはなおも二つの花芽を舐《な》め吸ってきて、テオをよがらせる。

「ん……う、ふ……あぁ」

次第に腰の辺りに溜まっていくものがあるように感じるのは、気のせいだろうか。

じんじんと熱くて、どろりとした何かだ。カイルに乳首をいじられればいじられるほど、そのどろりとしたものが身の内で渦《うず》を巻く。もしやと思ってこっそり自分の股座《またぐら》に手を滑《すべ》らすと、男棒が逞《たくま》しく反《そ》り返っていた。

（わ……！）

びっくりして体を固くしたせいで、カイルに気づかれた。手のなかに隠した肉芯《にくしん》をあっさり奪われてしまい、頬どころか耳の付け根まで赤くする。

「お前、熟すのが早いな」

「……それって落ち込んだほうがいいってこと？」

「まさか。とびきりかわいらしいという意味に決まっておるだろう」

笑ったカイルがテオの上唇と下唇をついばんでくる。

ときどき触れる舌と吐息、そしてやわく扱《しご》いてくる手にあっという間に高められた。口づけが深く濃厚なものになるとなおさらだ。どこか甘くも感じるカイルの舌を味わいながら、目の前の体を抱き寄せる。

「なあ――」と呼ぶ、熱い吐息が唇に触れた。

「この熟《う》れたやつも食いたい。二つの莢果と口づけではまるで足りん」

肉芯をさすりながら言われたせいで、「ぁ、んっ」と仰け反る。

「こ、こっちもカイルのものだよ。知ってるくせに」

「ということは、体の具合はもうよいのだな？」

あぁ……と息をつく。一連のじれったいやりとりは、テオを気づかってのことだったらしい。

カイルはどんなときでもテオを大事にしてくれる。あらためてそれを知り、胸がいっぱいになった。

「大丈夫。今日はぼくも、えっと、カイルとたくさんくっつきたいから」

「お前、俺を滾《たぎ》らせるのがうまくなったな」

「そ、そうかな？　でもカイルのお嫁さんになるんだし、閨《ねや》のこともがんばらないと」

「よせよせ。いつもどおりで十分だ」

口では言いつつも、カイルは昂《たか》ぶったようだ。急《せ》いた動作でテオを湯から上げると、浴槽《よくそう》の縁《へり》に座らせる。

「俺のものだと言うのなら、心ゆくまで口づけさせてくれ。お前を堪能《たんのう》したい」

「う、ん」

濡れた薄衣はなかなか扱いづらい。それでも腰ひもをほどき、カイルの眼前で両脚を開く。ごくっと唾《つば》を飲む音が聞こえたあと、雄茎《ゆうけい》にしゃぶりつかれた。勢いよく挑《いど》まれたせいで倒れそうになり、咄嗟《とっさ》に後ろに手をついて体を支える。

「あぁ……っ、はぁあ……！」

まさか人の口のなかがこれほど熱いとは。

陰茎《いんけい》だけでなく、腰もとろとろに蕩《とろ》けてしまいそうだ。たまらず喉《のど》を反らせ、宙に向かって湿った息を吐く。その間も稚《いとけな》い漲《みなぎ》りに絡《から》んだ舌は離れず、眩《くら》むような悦楽《えつらく》をテオに与える。

「こら、脚を閉じるでない。亭主にはすべて捧《ささ》げるものだ」

「や、……ぁあ、だって――」

本当に根こそぎ食べられてしまうかもしれない。滲《にじ》んだ露《つゆ》を音を立ててすすられ、体中に渦巻いていたものがぐぐっと一点に集まる。下肢の狭間《はざま》が甘怠《あまだる》く疼《うず》く感覚に耐えられず、「ああ、いい……！」とはしたない声が出た。

普段のテオなら、慌てて唇を噛んでいただろう。けれど心地好さを正直に訴えたことで、自分を縛《しば》る枷《かせ》が外れた気がした。

そう、すごく気持ちいいのだ。これほどねっとり絡みつく快感をテオは知らない。

「もっと……あぁ、もっと、いっぱいして……ぇ」

夢中になるのに時間はかからなかった。甘えた声を上げてカイルの髪に両手を差し込む。

「おどろいたな。しゃぶられるのが気に入ったか」

「だ、だって、すごいもん……っんぁ、全部、溶けちゃう……」

カイルが笑い、再びテオの股座に顔を埋《う》める。

応えるように愛撫を強くされ、びくびくと太腿《ふともも》がわななないた。幹《みき》に舌を巻きつけられるのもいいし、鈴口《すずくち》を吸われるのもいい。声は湿る一方で、口の端からよだれがこぼれる。

「ふぅ……ん、ぁ、……カイル、――」

あまりの快感に視界が霞《かす》んだ。理性をなくした体は貪欲《どんよく》で、カイルの頭を狂おしく撫でまわす。もしかして自分の股座に押しつけることもしてしまったかもしれない。

「っは……あ、あ……ん……っ」

ついに熱の塊《かたまり》のようなものが体の奥からせり上がってきた。

まだまだカイルの口のなかにいたいが、もう無理だ。「――っ！」と息をつめ、子種の汁を勢いよく放つ。

「ん……ふ……う」

ああ、すごくよかった――。

濃厚すぎる余韻《よいん》のせいで、自分の体を支えておくのが難しい。よろよろと石の床に横になり、ただただ荒い息をついていると、カイルが大きな水音を立てて湯から出る。

ぬっとテオの前に立ったカイルは、なんだか険《けわ》しい表情だ。

さすがに子種の汁を王子さまの口のなかでぴゅっぴゅっと飛ばしたのはまずかったかもしれない。慌てて重い体を起こす。

「お行儀の悪いことしてごめんなさい。なんかその、夢中になっ――」

「テオ」

「は、はいっ」

「俺は今宵《こよい》初めて知った。初心《うぶ》くさいやつが男棒をしゃぶられて乱れると、かわいらしいどころの話ではなくなるのだと」

カイルが何を言いだしたのか分からず、「え？」と眉根を寄せる。

「素《す》っ頓狂《とんきょう》な顔をするな。辛抱《しんぼう》できんということだ」

カイルは素早くテオの体を抱きあげると、湯殿を出る。

体はもちろんのこと、足も濡れたままなので、ぺたぺたと音がする。いいのかなこれとテオが戸惑っているうちに寝所《しんじょ》に着いた。薄衣を取り払われ、ざっと体を拭《ぬぐ》われたあと、寝台の上へ転がされる。

寝所を使うのも今夜が初めてだ。いたるところに花が飾られていて、花婿《はなむこ》と花嫁の褥《しとね》を思わせる。けれどゆっくり見まわす暇もなく全裸のカイルにのしかかられて、唇を奪われた。

「っう……んん……！」

ああ、カイル、すごく興奮してるんだ。――性急な舌からそれを感じとり、悦楽の名残《なごり》が燃えあがる。まだそんなにまぐわうことに慣れていないと思っていたが、テオの体は心と同じく、とっくにカイルに夢中らしい。期待で肌を粟立《あわだ》たせ、テオのほうからも舌を絡める。

「なあ。これを早くお前のなかに埋めたい。よいか？」

カイルがどことなく乱れた声で言い、ぐっと腰を押しつけてきた。

重なった体のあわいにあるのは、男らしく漲った昂ぶりだ。テオのものとは比べものにならないほど、太く逞しい。ひとつ唾を飲んでからうなずくと、さっそく体を裏返される。

カイルが枕元に腕を伸ばす。香水瓶《びん》のようなものを摑んだのが見えた。

「何」

「香油《こうゆ》だ。使うとお前が楽になる」

言いながら、とろりとしたものを双丘《そうきゅう》の膨《ふく》らみに垂《た》らされた。

人肌よりも少し熱くて心地好い。カイルは甘い香りのするそれを、テオの尻の割れ目や会陰《えいん》に塗り広げていく。

「あ……ん、は……ぁ」

こういうやさしい愛撫も大好きだ。目を瞑《つむ》って愉悦《ゆえつ》に浸っていると、窄《すぼ》まりの表を指の腹で撫でられた。

もう何度もカイルと睦み合っているので、ここがとても大切な場所だということは知っている。かすかに頬を赤らめたのも束の間、舌を差し込むようななめらかさで指を埋められ、思わずカイルを振り返る。

「な、なんか、いつもとちがわない？」

「だろう？　香油を使うとな、お前にしんどい思いをさせることなく、いくらでもぬぷぬぷと入る」

言葉どおり、一気に指の根元まで埋められ、「ひゃっ……！」と背をしならせる。

本当に指なのかと疑ってしまうほど、どこにも引っかからない。重なった肉の襞《ひだ》を大胆にかきまわす指づかいに乱され、「あうぅ……」と縋《すが》るような声が出た。たちまち媚肉《びにく》が蕩け、二本目三本目の指も難なく呑み込んでしまう。

「す……すごい、……っあ、や……はぁ……ぁ」

ぐしゅ、と湿った音が聞こえてきたので、四本目も呑まされたのだろう。結構な数だと思うのに、怯《おび》えるどころか尻を突きだし、あんあんと喘《あえ》いでいる自分が信じられない。テオの肉芯はすっかり硬さを取り戻し、カイルに指を抜き差しされるたび、ぶるんと躍っている。

「やぁ……っ、だ、だめ、もう……ああっ、はぁ――」

このままだと、また達してしまう。早くカイルを迎え入れたくてすすり泣いていると、指を引き抜かれた。

かわりにあてがわれたのは、凶暴なほど滾った大人の雄根《ゆうこん》だ。

逞しく反り返り、男の汁を滴《したた》らせたそれが、テオの蕾《つぼみ》に押し入ってくる。

「っは、あ、あんっ、あ……！」

香油のおかげで、いつもより容易《たやす》くカイルのものを呑み込んでしまった。

けれどなめらかというだけで、圧倒的な存在感は健在だ。ずぷんと重量のある音を響かせて腰を進められると、下肢に溜まった悦楽が攪拌《かくはん》され、言葉にならない喘ぎが迸《ほとばし》る。

「ああ、テオ――」

カイルがたまらないとばかりに息をつき、テオのうなじを強く吸う。

応えたいのにカイルの唇が遠い。それでも振り向き、接吻《せっぷん》をせがんで口をぱくぱくさせる。

テオの思いが伝わったのか、楔《くさび》を抜くことなく体を表に返された。そのまま抱きかかえられ、あぐらをかいたカイルの上に跨《また》る格好になる。

「あ、っ……ん」

うれしい。この体勢だとカイルが目の前だ。

たまらずぎゅっと抱きついて、ぐりぐりと額《ひたい》を擦《こす》りつける。赤獅子《あかじし》の王子とずっといっしょにいるせいか、自分の愛情表現も獣じみてきた気がする。

「お前は分かりやすいな。真向かいのほうが好きか」

「うん。カイルの顔がよく見えるから」

互いに微笑《ほほえ》んだあと、引き寄せられるようにして唇を重ねる。

男の証《あかし》はテオの肉筒《にくづつ》に埋まったままだ。舌を絡ませている間もカイルの雄《おす》はどくどくと猛々《たけだけ》しく脈打ち、テオを昂ぶらせる。ときどき突きあげられると、快感がいっそう強くなった。身悶《もだ》えながら、「あ……は」と喘ぎをこぼす。

「あぁ、よいな……よい感じだ。やっとお前と本物の夫婦になれた気がする」

「ぼくも……っん、あ……カイルが大好き。いつまでも、いっしょにいたいよ……」

テオの唇を荒々しく吸ったカイルが、「くっ……!」と息をつめる。

テオに限界が近いように、カイルも極めようとしているのかもしれない。狙った腰づかいで下から突きあげられ、毬《まり》のように体が跳ねた。

跳ねれば当然沈む。奥深いところまで肉鉾《にくぼこ》に貫《つらぬ》かれる衝撃に、視界が白く弾ける。

きっともう、頭の先からつま先まで愉悦の色に染まっているだろう。凶暴な熱を放つカイルの雄がテオを絶頂へ連れていく。息を乱して目の前の体に縋りつくと、尖りきった莢果がカイルの胸板に触れた。ぞくっとしたものが背筋に走り、またあられもない嬌声《きょうせい》が迸る。

「だ、だめ、もう……あっん、ぁ……はあ」

快楽のうねりは強くなる一方で、どうやっても抗《あらが》えない。かすれた喘ぎを放った拍子にテオの果芯が爆《は》ぜ、カイルの下腹に蜜液《みつえき》を飛ばす。

「はう……う……ぅ」

けれどカイルはまだ達していない。余韻にわななく体を揺さぶられ、再び甘い波に襲われる。ぶるっと震えた陰茎がなけなしの露をこぼしたとき、体の奥に子種の汁をぶつけられた。

「っ……あ……」

長い吐精だ。熱い飛沫《しぶき》が媚肉の隅々まで染み渡っていく感覚に、吐息が洩れる。

しばらくはとても動く気になれなかった。ぴったりとカイルの胸にもたれかかり、大きな息を繰り返す。

「――よかったぞ、テオ。堪能した」

やっと人心地つき、カイルの手で寝台に寝かされた。

湯殿で体を清めたはずなのに、互いに大汗をかいたせいで肌がぬるぬるだ。口づけもなんだかしょっぱい。笑いながらカイルの髪をほぐしてやる。

「すごい汗」

「お前が俺をけだものにしたのだぞ。分かっているのか」

うん、とうなずきづらいことを尋ねるのはやめてほしい。ぽっと頬を染めて口をもごもごさせるテオが可笑しかったのか、カイルが肩を揺らして笑う。

「さて、もう一度湯に入るぞ。俺はお前に夢中で、花の湯を楽しむのを忘れておった」

「そうなの？　すごくきれいだったよ」

「ならば次は湯殿で睦むか」

「えっ！　……そ、そんなにできないよ。ぼくもう、へとへとだもん」

「案ずるな。俺がじっくりその気にさせてやる」

悪童っぽく笑ったカイルがテオを抱きあげ、湯殿へ向かう。

もちろんどちらも裸だ。王宮だといたるところに女官が控えているため、こんなことはとてもできない。

（やっぱり楽しいや。カイルといっしょにいると）

きっとこの先も、心が弾むような日々が続くのだろう。カイルのおかげでとても自分たちらしい幸せの形に落ち着いた気がする。ああ、本当によかったと、今日一日で数え切れないほど感じたことをあらためて思いながら、その頬に口づける。

想いを込めた接吻に、カイルが口許をほころばせるのが見えた。

＊＊＊＊＊

「花嫁さま。次は御髪《おぐし》に触らせていただきます」

世話係の声に、テオは「はい」とかしこまってうなずく。

夏の盛りが過ぎ、ついに婚儀の日がやってきた。

テオの前には鏡があり、薄く化粧をほどこされた自分が映っている。

この化粧は血色をよく見せるためのものであり、決して華美ではないのだが、それでも落ち着かない。妙にてかてかした桃色の唇を開いたり閉じたりしているうちに、髪に花の香りのする油を馴染まされ、うねりひとつない状態に整えられる。

身支度を終える頃、王妃が部屋へやってきた。

「まあ、テオ。きれいにしてもらったのね。とてもすてきよ」

王妃が微笑《ほほえ》み、すでに汗ばみ始めているテオの首筋を扇《おうぎ》であおぐ。

「カイルが心配していたわ。あなたが緊張のしすぎで倒れているのではないかと」

「大丈夫です。……緊張は少ししてますけど」

実は昨夜《ゆうべ》の晩餐《ばんさん》を最後にカイルとは会っていない。

花婿《はなむこ》と花嫁は婚儀の前に顔を合わせてはならないという定めがあるようで、支度部屋も別々だ。政略結婚が主だった時代の名残《なごり》だろう。おかげで早くカイルに会いたい想いが募《つの》り、うまい具合に緊張から距離を置くことができている。

「——そろそろ時間ね。私は先に神殿へ向かいます。テオ、あまり気負わずにやりなさい。王も私もいるのですから、なんとでもなります」

「ありがとうございます、王妃さま。どうか見守っていてください」

王妃が支度部屋をあとにすると、しばらくしてテオも「お時間でございます」と介添《かいぞ》え人《にん》に言われた。

いよいよだ。世話係が最後の仕事として、テオの頭に透《す》き織《お》りのベールを被《かぶ》せる。

婚儀の行われる神殿は、王宮の敷地内にある。前にも後ろにも女官を大勢伴《ともな》い、回廊を進む。

神殿が見えてくると、列の歩みが止まった。ここから先はテオが先頭になって進まなければならない。何度も練習したとおり、視線を前方に固定して、花びらの敷きつめられた道を凛然《りんぜん》と進む。

神殿の入り口にはシャタールブルーの婚礼衣装に身を包み、頭にターバンを巻いたカイルが待っていた。

（あ、——）

久しぶりに思いだした気がする。カイルが百花《ひゃっか》を凌《しの》ぐほどの美貌を持っていたことを。

正装でもあるターバン姿は、カイルの華のある顔のつくりを際立たせ、うっとりするほどだ。

胸元と袖口《そでぐち》に黄金《きん》の刺繍《ししゅう》をふんだんにあしらった婚礼衣装も美しく、体格に恵まれたカイルをさらに男らしく見せている。

一方、カイルはカイルでテオの出《い》で立《た》ちにおどろいたらしい。おお、という形に唇を開くと、しばしテオに釘《くぎ》づけになる。美しい、とその口が確かに動くのを見た。

シャタールの婚儀はとても厳粛《げんしゅく》なので、列席者も含め、大きな声を出すのもいけないし、歯を見せて笑ってもいけない。「緊張はしておらんか」「うん、大丈夫」と小声で言葉を交わして、神殿の中央で待つサウダル王のもとへ二人で進む。

花嫁には婚儀で授《さず》けられるものがある。《シャタールの雫《しずく》》で作られた首飾りと耳飾り、そして指輪だ。これは花婿から花嫁への最初の贈りもので、婚姻を結んだ証《あかし》ともなるのだと聞いている。王が神官長から三種の装身具《そうしんぐ》を受けとり、王からカイルに授けられる。そしてカイルの手からテオに授けられるという流れだ。

「天の子テオよ。どうか末永く我とともに」

カイルの言葉に、深く長く頭を下げる。この仕草が、誓います、という意味になるらしい。

カイルがテオに首飾りをつける。次に耳飾りをつけ、最後に指輪を嵌《は》めると、成婚だ。列席者に拍手と微笑で見送られるなか、二人で神殿をあとにする。帰りはテオについていた女官だけでなくカイルについていた兵も加わり、それはそれは長い列になった。

次は民へのお披露目《ひろめ》が控えている。テオとカイルは、王と王妃、そしてカイルの兄たちとともに、内苑《ないえん》を見渡せる大広間のテラスに立つのだ。

大広間の扉をくぐると、ざわめきが洪水《こうずい》のようになだれ込んできておどろいた。テラスへ続く大窓は閉じられているというのに、すでに内苑に集《つど》っている民たちの待ちわびる声が大広間にまで届いているらしい。

「すごいね。また緊張してきた……」

胸に手を当ててふぅと息を吐いていると、カイルに頬を撫でられた。

「テオ。今日のお前の装《よそお》い、最高に美しいぞ。目にしたとき、息が止まるかと思った」

「ほんと？　よかった。畑仕事で陽に灼《や》けちゃったから、似合わないかもって気がかりだったんだ」

テオの婚礼衣装は、いつかの王宮で選んだ布地を使っている。ほんのりと黄色がかった色味の白で、やさしい雰囲気だ。胸元にほどこした草花模様の刺繍が気に入っている。

「カイルもかっこいいよ。凛々《りり》しい王子さまって感じ。このターバンも似合ってる」

笑ってその頭に手を伸ばしたとき、指輪が視界に入った。

「そうだ、指輪。ぼくこれ、びっくりしたんだ」

和気《わき》あいあいとした婚儀だったなら、テオはこの指輪が自分の左手の薬指に嵌まった瞬間、「わあ、きれい……！」と声を上げていただろう。

《シャタールの雫》は青い宝珠のはずなのに、指輪に使われている石は、青色と黄金色の二層になっているのだ。それもくっきり分かれているのではなく、中央で溶け合うようにまじっていて、見れば見るほど美しい。

「これはバイカラーの《シャタールの雫》だ。お前の目を思わせる色だろう?」

「バイカラー?」

「ひとつの石のなかに、二つの色が入っているものをそう呼ぶ。滅多《めった》に出ない逸品《いっぴん》ゆえ、国中を探しても一石しか手に入らなかった。本音を言うと、首飾りも耳飾りもバイカラーの石で揃えたかったのだがな」

宝珠にはまるで興味のなかったテオだが、王国のことを学ぶ過程で、宝珠が地中深くで何千年と長い刻《とき》をかけ、作りだされるものだということを知った。

宝珠はただの贅沢品《ぜいたくひん》ではない。大地の息吹《いぶき》の結晶だ。テオの左右の目の色に似た宝珠をカイルが探してくれたこともうれしいし、その宝珠が婚姻を結んだ証となって、自分の手の上で輝いていることもうれしい。

「ありがとう、カイル。ほんときれい……。たぶんぼく、毎日眺めると思うよ」

二人で肩を寄せ合って希少な石の輝きに見入っていると、王太子たちが大広間に現れた。

「おお、カイル。なかなかよい婚儀だったぞ。まさか末っ子の悪餓鬼《わるがき》がいちばんに妻《めと》を娶るとはな」

「お前、緊張しておっただろう。かしこまったお前の顔、初めて見たわ」

「テオ。しっかりこいつの手綱《たづな》を握っておけよ。どこで悪さをするか分からんぞ」

実の兄たちらしい、はなむけの言葉だ。カイルが「好きなことばかり言うな。俺は悪さなどせん」とむっとする。

ほどなくして、王と王妃も大広間にやってきた。

「これ、何を騒いでおる」

王は息子たちを見まわしてから、カイルとテオのもとへ歩む。

「無事に婚儀を終えることができて安心した。カイルよ、お前はもう独り身ではない。守るべきものができたことをしかと心に刻《きざ》み、伴侶となったテオとともに、誠実に日々を生きるのだぞ」

カイルが「はい、父上」と力強く応《こた》え、テオもまた頭を下げる。

王は「うむ」とうなずくと、王妃を伴って窓辺へ進む。

ついにお披露目だ。ドン！　ドン！　と祝砲《しゅくほう》が鳴らされ、大窓が開かれる。

内苑に集った民たちが一気にざわめくなか、まずは王と王妃がテラスに立ち、五人の息子たちがそれに続く。テオとカイルはまだ出てはならない。内苑から見えない位置で控え、固唾《かたず》を呑む。

「シャタールの善良な民たちよ」

王が片手をあげ、皆に呼びかける。

「私の六番目の息子、聖獣《せいじゅう》・赤獅子《あかじし》を身に宿すカイルが、夫婦の契《ちぎ》りを交わした天の子を紹介したい。その名はテオ。カイルが諸国を旅するなかで出会った天の子だ。天の子とはすなわち運命の伴侶。天の子なくして赤獅子は強さを誇《ほこ》れぬ。シャタールの民たちよ。どうかカイルと天の子テオの婚姻を祝福してほしい」

王が言い終わるや否や、どっと歓声が沸《わ》き、王宮を揺らす地鳴りのようになった。凱旋《がいせん》パレード以来の大喝采《だいかっさい》だ。思わずカイルと顔を見合わせていると、王の側近《そっきん》に「どうぞテラスのほうへ」と促《うなが》された。

「行くか」

「うん！」

カイルと揃ってテラスへ出た途端、割れんばかりの拍手と歓声に包まれる。

内苑につめかけた民は皆、満面の笑顔だ。「サウダルさま万歳！」と叫ぶ声にまじり、「カイルさま万歳！」「テオさま万歳！」とも聞こえてくる。カイルが民に応えて手を振ると、一際《ひときわ》大きく歓喜の声が響く。

（す、すごい……）

まさかこれほど民に祝意を示してもらえるとは思ってもいなかった。

王と王妃がただの農民でなおかつ男子のテオをカイルの伴侶として認め、この日のために尽《じん》力《りょく》してくれたおかげだろう。王宮暮らしがしんどくて、自分のことだけで精いっぱいだったテオだが、カイルにだけでなく、王と王妃にも守られていたことを知り、じんと胸が熱くなる。

「よかった……。こんなに素晴らしい日を迎えることができるなんて」

「俺もだ。今日ほどよい日はない。最高だな、テオ」

互いに高揚した面持《おもも》ちで微笑んでいると、どこからか鴉《からす》が飛んできた。いつものように『ケッ』と陽気に笑い、カイルの肩で翼をたたむ。

『すげえ歓声だな。さすが赤獅子の王子と天の子の結婚だ。ま、末永く仲よくな』

「鴉。お前も祝ってくれるのか」

『祝うさ、友達だろ。なあ、テオ』

「もちろん！　ぼくとカイルは何も変わらないから、これからもよろしくね」

燿《よう》の国から始まった旅が楽しくて充実していたのは、カイルの他に鴉もいたからだ。

懐かしいあの日々を黄金色の陽射しに重ねる。旅路の果てに辿り着いたカイルの生まれ故郷が、テオにとっても故郷になる――とても幸せなことだ。テオはうっとりと頬を緩《ゆる》めてカイルに寄り添った。

あとがき

AFTERWORD……………………

―彩東あやね―

こんにちは！　今回は架空《かくう》の大陸を旅するファンタジーを書かせていただきました。ろくでなしの美形攻×おぼこ受、年の差ありです（精神年齢は同い年かも……笑）。「ああ、癒《いや》されたい……」と思っているときに書いたお話なので（自給自足派です）、読んでくださる方の心を少しでも癒すことができたらうれしいです。個人的には《神の箱庭》のシーンが気に入っています。私もテオと同じく都会より野のあるところが好きなので、こういう原《げん》生林《せいりん》っぽい森で心ゆくまでマイナスイオンを浴びたいですね。

カワイチハル先生、お忙しい中イラストを引き受けてくださり、ありがとうございます。長年の片想いが実りました！　二人のキャララフをいただいたときは、もう本当にイメージぴったりで卒倒《そっとう》するかと思いました。皆さまにもカワイ先生のすてきなイラストを堪能《たんのう》していただけると幸せです。また、担当さまを始め、本書の刊行に携《たずさ》わってくださった皆さまにも大変お世話になりました。心からお礼申し上げます。

そしてお手にとってくださった皆さま、あとがきまでお付き合いいただき、ありがとうございます！　なかなか落ち着かない世の中ですが、どうかご自愛《じあい》くださいね。私も健康に気をつけて、また皆さまにお会いできるようにがんばります。

花嫁の小さなやきもち

(あれ?　カイルだ)

ふと気づき、テオは歩みを止める。

カイルは王宮へ出向く用があるとかで、朝からヤラの宮を留守にしていたのだが、用を終えて帰ってきたのだろう。野の花を両手に抱《かか》えた侍女と楽しそうに話をしている。

離れたところからじっと見ていると、二人がテオに気がついた。侍女はぺこりと頭を下げて立ち去り、カイルは笑みをたたえた顔で近づいてくる。

「いましがた戻ったのだ。お前はもう畑仕事を終えたのか?」

「うん。今日は急ぎの作業はなかったからね。どの作物も順調に育ってるよ」

その日はいつもと同じく二人で湯に浸《つ》かったあと、夕餉《ゆうげ》をいただいた。

穏やかな日常にちょっとした引っかかりを感じるようになったのは、それからしばらくして、またカイルが同じ侍女、アニーサと話している姿を見たせいだ。それもテオが普段行かない厩《うまや》でだ。二人で馬の餌箱《えさばこ》の前にしゃがみ込み、何やらごそごそとやっていた。

（うーん……そわそわするな）

もしかして、これがやきもちというものなのだろうか。

別にカイルがアニーサに気があるとは思っていないが、自分のいないところで楽しそうに話をされると、落ち着かない。だいたい宮の主《あるじ》が侍女にいったいどんな話があるというのか。テオはせいぜい挨拶《あいさつ》をするか、献立《こんだて》を尋ねる程度だ。二言三言で会話は終わる。

（今日もこっそり二人でいたりして）

夕方、抜き足差し足で厩へ向かうと、運がいいのか悪いのか、カイルと鉢合《はちあ》わせてしまった。厩係に馬の調子を尋ねていたらしい。赤獅子《あかじし》に変化《へんげ》できるカイルだが、王宮や兵の詰め所へ出かけるときは、もっぱら馬を使う。

「どうした、テオ。お前が厩に顔を出すのはめずらしいな」

「ま、まあね。たまにはその、馬のかっこいい姿を見ようかなぁって思っ……」

「ならば乗せてやる。丘へ出かけよう。ちょうどお前に作ってやりたいものがあったのだ」

「……ぼくに？」

予想外の展開になってしまったが、断る理由も特にない。カイルの愛馬に乗せてもらい、丘へと向かう。辿り着いたのは、丘は丘でもあまり木々の茂っていない場所だ。かわりに白い花が一面に咲いている。カイルは馬を繋《つな》ぐと、その花を摘《つ》み始めた。

「こしらえるのにしばし時間がかかる。お前はそこで目を瞑《つむ》って、百数えておれ」

「百⁉」

ますます分からない展開になったなと思いつつ、木陰《こかげ》で膝を抱え、一、二、と数えていく。花を摘み終えたカイルは、テオのすぐとなりであぐらをかいたようだ。ときどき肘《ひじ》が当たるので、手を動かしているのだろう。「待て待て、おかしいぞ」「こんなはずでは……」という呟きも聞こえてくる。

「ねえ、もういい？　百まで数えたよ」

「うむ……まあ、よいことにしてやる」

まぶたを持ちあげたのと同時に、白い花で編んだ輪っかのようなものを頭に載せられた。

おそらく花冠《はなかんむり》だろう。おそらく、というのは、輪っかの出来が非常に歪《いびつ》だったからだ。

「アニーサという侍女がいるだろう？　彼女がな、この花でこしらえた花冠を既に飾っておったのだ。お前に編んでやろうと思って作り方を教えてもらったのだが、容易《たやす》く編めるものではないのだな。俺のなかではもっとこう、かわいらしい仕上がりになる予定だったのだ」

「え……」

ということは、馬の餌箱の前で二人は花冠を作っていたのかもしれない。この花と葉は馬が好んで食べるので、飼料にまぜている。

「なーんだ、そういうこと。ぼく、カイルとアニーサは特別仲がいいのかと思ってた」

「特別？　何を申しておる。特別仲がよいのは俺とお前だろうが。侍女は関係なかろう」

どうやらテオがひとりでやきもきしていただけのことだったらしい。ほっとすると無性に笑いがこみ上げてきて、くつくつと肩を揺らして笑う。

「おい、笑いすぎだぞ。それほどこの花冠が不細工か。もうよい、これはこいつに食わす」

「あっ、だめだめだめ！」

馬の口許《くちもと》近くにかざされた花冠を慌てて奪いとる。

「ふて腐れないでよ。カイルが花冠を編むところを想像したら、なんだか可笑《おか》しいなって思っただけだよ。これはぼくの花冠だから誰にもあげない。作ってくれてありがとう」

上機嫌で頭に花冠を載せてヤラの宮へ帰ると、アニーサと出くわした。

「まあ！　テオさま、とってもすてきです。カイルさまに編んでいただいたのですね」

「うん。かわいいでしょ？　アニーサ、今度はぼくにも花冠の作り方を教えてください」

「もちろんでございます。私でよければいつでもお呼びくださいませ」

小さなやきもちは、大きな嫉妬になる前に消えてしまった。

さっそく花冠を寝所《しんじょ》に飾る。見れば見るほどかわいらしい。カイルの愛情がたくさんつまっているからだろう。テオはふふっと頬を緩《ゆる》めて、いつまでも花冠を眺めていた。

この本を読んでのご意見、ご感想などをお寄せください。
彩東あやね先生・カワイチハル先生へのはげましのおたよりもお待ちしております。

〒113-0024　東京都文京区西片2-19-18　新書館
[編集部へのご意見・ご感想] ディアプラス編集部「赤獅子の王子に求婚されています」係
[先生方へのおたより] ディアプラス編集部気付　○○先生

- 初出 -
赤獅子の王子に求婚されています：小説DEAR+21年フユ号（Vol.80）
赤獅子の王子に嫁ぎます：書き下ろし
花嫁の小さなやきもち：書き下ろし

[あかじしのおうじにきゅうこんされています]
赤獅子の王子に求婚されています

著者：**彩東あやね** さいとう・あやね

初版発行：2021年12月25日

発行所：株式会社 新書館
[編集] 〒113-0024
東京都文京区西片2-19-18　電話（03）3811-2631
[営業] 〒174-0043
東京都板橋区坂下1-22-14　電話（03）5970-3840
[URL] https://www.shinshokan.co.jp/

印刷・製本：株式会社 光邦

ISBN978-4-403-52545-2